U0552858

Running in the Family
Michael Ondaatje

世代相传

〔加〕迈克尔·翁达杰 著

白晓东 译

人民文学出版社
PEOPLE'S LITERATURE PUBLISHING HOUSE

著作权合同登记号　图字 01-2022-0868

RUNNING IN THE FAMILY
by Michael Ondaatje
Copyright © 1982 by Michael Ondaatje
The Simplified Chinese Language edition published by agreement with Trident
Media Group, LLC, through Grayhawk Agency. Simplified Chinese edition copyright ©
Shanghai 99 Readers'Co., Ltd.

图书在版编目(CIP)数据

世代相传 / (加) 迈克尔·翁达杰著；白晓东译.
北京：人民文学出版社，2025. -- (翁达杰作品系列).
ISBN 978-7-02-019027-0

Ⅰ. I711.65
中国国家版本馆 CIP 数据核字第 2024RG9442 号

责任编辑　卜艳冰　邰莉莉
封面设计　朱晓吟

出版发行　人民文学出版社
社　　址　北京市朝内大街 166 号
邮　　编　100705

印　　刷　山东新华印务印刷有限公司
经　　销　全国新华书店等

字　　数　108 千字
开　　本　787 毫米×1092 毫米　1/32
印　　张　5.5
版　　次　2025 年 1 月北京第 1 版
印　　次　2025 年 1 月第 1 次印刷

书　　号　978-7-02-019027-0
定　　价　49.00 元

如有印装质量问题，请与本社图书销售中心调换。电话:010－65233595

献给格里芬和昆廷

献给吉莉安、珍妮特和克里斯托弗

"我在这座岛上见到过长着两个脑袋的禽类,大小如同我们国家的鹅……还有其他我不会在这里描述的不可思议的东西。"

奥德里克(方济会修士,十四世纪)

"美国人能把人送上月球,因为他们懂英语。英语很差的僧伽罗人和泰米尔人认为地球是平的。"

道格拉斯·阿马拉塞克拉,

《锡兰周日时报》,1978年1月29日

目　录

亚细亚传闻

风流佳事

十二月以来的干旱

城里到处有人推着手推车，里面的冰裹了锯末。旱灾仍在继续，后来发烧期间，他的噩梦是花园里的荆棘树把它们地下坚硬的根茎伸向房子，爬进窗户，以便喝干他身上的汗水，从他的舌头上偷走最后一滴唾液。

黎明前他一把打开电源。二十五年来没在这个国家生活，尽管十一岁前一直睡在类似的房间里——窗户没有窗帘，只有精巧的护栏以防有人闯入。红色的水泥地面打磨光滑，赤脚上去凉凉的。

黎明穿过花园，让树叶、果实、深黄的椰王清晰。一天中，这种微妙之光稍纵即逝。十分钟后，花园便会在炽焰中，与喧闹和蝴蝶一起躁动。

半页纸——早晨已古老了。

亚细亚传闻

亚细亚

　　这一切始于一个梦闪亮的骨架，几乎无法捕捉。我在朋友家睡觉，看到我父亲，混乱不堪，周围都是狗，一起朝着一片热带风景尖叫狂吠。被噪声吵醒，从不舒服的沙发上坐起，我在丛林中，热汗淋漓。路灯从雪地上反射过来，穿过朋友窗前悬着的藤蔓和蕨类植物射入房间。一个鱼缸在角落闪闪发光。刚才一直在哭泣，我的肩膀和脸都已疲惫不堪。用被子裹住身子，靠在沙发上，我坐了几乎一整夜。浑身紧张，不想挪窝，任热气渐渐散去，汗水蒸发，重新意识到窗外刺骨的空气，灼灼然呼啸过街道，越过像羊群一样弓着背的结冰的汽车，直下安大略湖。新冬伊始，我已在梦想亚细亚。

　　有次朋友告诉我，只有喝醉的时候，我似乎才知道我确切想要什么。两个月后，在告别派对上，我变得越来越狂野——一边跳舞，一边在额头上平衡酒杯、仰倒向地面扭动身子、再站起来，不让酒杯倾倒。这个把戏只有在醉酒和放松的时候似乎才可能——这时我知道我心已在纵横驰骋了。外面下不完的雪让街道变得狭窄，几乎无法通行。客人们步行而来，围着围巾，脸冻得通红，都靠着壁炉喝酒。

　　我已计划好归程，宁静的午后，把地图摊在地板上，寻找去锡兰的路线。然而，只是在这场聚会中、在我最亲密的朋友之间，我才意识到我要回归我成长的家庭——那些来自我父母那一代的亲属，像冻结的歌剧一样站在我的记忆中，我想用语言把他们触醒。这是一种反常、孤独的欲望。在简·奥斯汀的《劝导》中我碰到这样一段话："她年轻时被迫谨慎行事——随着年龄的增长，学会了浪漫——这是一个不自然开始的自然结果。"我三十多岁的时候，意识到错过了一个自己忽视和不理解的童年。

亚细亚。这名字是垂死者唇边的喘息，一个必须耳语的古老词汇，永远不会用作战斗口号。这个词四肢懒散地摊开，没有欧罗巴、美利坚、加拿大那样脆亮如剪的声音。元音压倒了一切，和 S 一起眠息在地图上。我纵驰亚细亚，一切将会改变，这始于我在舒适有序的生活中狂舞大笑的那一刻。在冰箱旁，我试图传达给大家我所知道的一些关于我父亲、外祖母的片段。"那么你外祖母是怎么死的？""自然原因。""什么？""洪水"。接着，一股派对的浪潮又把我卷走了。

贾夫纳午后

午后两点十五分，我坐在老总督位于贾夫纳的府邸的巨大客厅里，墙壁近年漆成了温暖的玫瑰红，向左右和上面白色天花板伸展出惊人的距离。荷兰人初建这栋房子时，是用蛋清来粉刷墙壁的。门足足有二十英尺[1]高，仿佛等待着某天，一个杂技之家会侧行穿过一个个房间，叠摞在彼此的肩上不用下来。

风扇挂在一根长柄上，无精打采地旋转，扇叶翘起，捕捉空气，然后将它在整个房间里褶皱起来。无论风扇的动作多么机械，空气的纹理毫无节拍器的质感，一阵阵不均匀地吹向我的手臂、脸和这张纸。

这栋房子建于1700年左右，是锡兰北部这里的明星建筑。尽管内部宏伟，外面看着却很低调，窝在堡垒的一个角落。要步行、开车或骑自行车接近这所建筑，必须穿过护城河上的桥，被两名不幸必须站在沼气聚积地方的卫兵接纳，然后进入堡垒的院子。这里，在这个十八世纪荷兰防御迷宫宽敞的中心，我坐在一张巨大的沙发上，于午后嘈杂的孤独中，房子的其他部分都在沉睡。

我、姐姐和堂姑菲丽丝把上午的时光花在了追溯我们祖先之间迷宫般的关系上。有一阵子，我们坐在一间摊放了两张床铺一把椅子的卧室里，还有一间与它配对的卧室在宅子

1　约6米。

的另一处，里面很暗，据说闹鬼。我走进那个潮湿的房间，看到蚊帐半悬空中，像吊死新娘的衣服，床只剩下骨架，没有床垫，便义无反顾地退出来。

后来我们仨挪到了餐厅，任堂姑从她的脑子里薅出一件件臭名昭著的事件。她是这次长途归程的弥诺陶洛斯[1]——旅行的所有准备、穿越非洲、刚刚从科伦坡到贾夫纳的七小时火车、卫兵、高耸的石墙，以及现在这种懒散的用餐礼仪、茶、还有晚上为我的胃病准备的她最好的白兰地——全都是她一手安排。她是住在你多年前生活过那个地方的弥诺陶洛斯，用有关爱之初始圈子的谈话让你感到惊讶。我特别喜欢她，因为她和我父亲一直很亲近。别人说话的时候，她的眼睛便望向房间的天花板，仿佛第一次注意到那里的建筑结构，又仿佛在寻找故事的题词版。我们还没从她幸灾乐祸讲述的一个劣迹斑斑的翁达杰的生死简历中完全缓过劲来，他"被自己的马蹂躏成了碎片"。

末了，我们挪到了门廊的藤椅上，门廊在房前延伸了五十码[2]。从十点到中午，我们坐着聊天，喝着我们在村里灌满瓶子的冰冷的扇叶树头榈托迪酒。这是一种闻起来有股生橡胶味的饮料，是从椰子花中榨出的汁液。我们慢慢啜饮，感觉它在胃里继续发酵。

中午我打了一小时的盹，醒来后吃了顿咖喱螃蟹午餐。这种饭不需要叉子和勺子，我用手吃，拇指把米饭塞进嘴里，牙齿咬碎蟹壳。之后是新鲜的菠萝。

1　希腊神话故事中的怪兽，住在岛上迷宫里，需要持续的祭品。
2　约45米。

但我最喜欢的还是午后时光。现在几乎差一刻三点，半小时后，其他人从睡眠中醒来，复杂的对话又将开始。在这座有两百五十年历史的堡垒的中心，我们将交换轶事和模糊的记忆，试图用日期的顺序和插话让它们变得丰满，勾连在一起，就像组装船体一样。任何故事都不会只讲一次。无论是回忆还是滑稽不雅的丑闻，我们都会在一小时后回头再讲一遍，并加以补充，这回还会添上些判断。史录就这样被组织起来。我的堂姑父内德领导着一个处理种族骚乱的委员会（因此在贾夫纳时被安排到这座建筑居住），他整天都在工作，而我的堂姑菲丽丝则整天都在掌管好坏翁达杰们的历史和他们接触过的人。她的眼睛，现在已经很熟悉这所房子的天花板了，会突然闪闪发光，她便兴奋地转向我们开始说："还有另一个可怕的故事呢……"

　　这里有很多鬼。在黑暗发霉的厢房，悬挂着腐烂的蚊帐，居住着荷兰总督女儿的幽灵。1734 年，被告知她不能与自己的情人结婚后，她跳入一口井里。此后，惊吓了几代人，让他们避开她默默展示自己身着红色连衣裙的房间。就像避免在闹鬼的地段睡觉一样，人们也避免在客厅谈话，因为它太大了，所有的谈话在到达听众之前就已消失在空气中。

　　镇上的狗偷偷溜过卫兵，在门廊上睡着了——这是贾夫纳最凉快的地方之一。当我起身去调整风扇速度的时候，它们滚爬起来，沿着门廊向下移动几码。外面的树上满是乌鸦和白鹤，嘎嘎啾啾声音刺耳，喧嚣的孤独——我脑海中的新故事和这些鸟儿毫无二致，只是并不互相尖叫着偶尔掠过昏昏欲睡的杂种狗的头。

那晚的梦更像一个重复出现的意象，我看到自己紧张的身体呈星形站立，逐渐意识到我是某个人体金字塔的一部分。下方是我站立其上的别的身体，上方还有几个，尽管我已非常接近顶部。我们笨重缓慢地从这巨大的客厅的一端走向另一端。大家都和乌鸦、白鹤一样喋喋不休，所以常常听不清对方，但我实实在在捕捉到了一段对话。一位叫霍伯迪的先生问我父亲家里是否有荷兰古董。他回答说："嗯……有我妈啊。"只听我祖母在下方怒吼一声。这时我们正在接近那扇二十英尺高的门，只有侧过身来，这金字塔才能通过。但家人们并没有讨论如何通过的问题，而是对这个开口置之不理，从淡玫瑰色的墙壁中慢慢穿过，走进隔壁房间。

风流佳事

求　偶

　　我父亲中学毕业后，他父母决定送他去英国念大学。于是，默文·翁达杰乘船离开锡兰抵达南安普敦。他参加了剑桥大学的入学考试，一个月后写信回家，告诉父母他被女王学院录取的好消息。他们寄给他三年大学的教育资金。他终于成功了，在家的时候他制造了很多麻烦，现在似乎已经摆脱了他在热带地区时的那些斑斑劣迹。

　　过了两年半，寄了几封汇报学业成绩的自谦信之后，他的父母发现他其实连入学考试都没有通过，只是靠着他们的钱在英国混日子。他在剑桥租了豪华的房间，干脆剔除了大学，只管和学生交朋友、读当代小说、划船，并以一个深谙价值与趣味的人在二十年代的剑桥圈子里声名鹊起。他度过了愉快的时光，与一位俄罗斯女伯爵短暂订婚，甚至在假期大学关闭期间短途前往爱尔兰，据说是去与叛军作战。除了一个姑妈，没有人知道他这次爱尔兰的冒险，她收到一张他身穿军装、做出狡黠模样的照片。

　　听到这令人痛心疾首的消息，他父母决定与他当面对质，于是带着他妹妹斯蒂菲，收拾好行李，乘船前往英国。不管怎样，我父亲在剑桥又过了二十四天的好日子，然后他愤怒的家人就不宣而至地出现在他的门口。他请他们进屋，为上午十一点只能给他们提供香槟而局促不安，没想到他们对此不以为然。我祖父好几周来一直盼望着一场大战，而我父亲则以他实用的习惯，遁入沉默，不为其罪行辩护，让人难以跟他争论，结果没吵起来。相反，晚餐时他出去了几个小时，回来后宣布他已与妹妹斯蒂菲最亲密的英国朋友凯伊·罗斯利普斯订婚了。这个消息平息了大家对他的大部分愤怒，斯蒂菲站到了他的一边，而凯伊从多塞特著名的罗斯利普斯家族中立扑过来，给他的父母留下了深刻的印象。总之，每个人都感到满意。第二天，他们便带上我父亲的堂妹菲丽丝，一起乘火车去乡下，到罗斯利普斯家小住。

在多塞特那一周，我父亲的表现无可挑剔。亲家们计划婚礼，菲丽丝受邀到罗斯利普斯家共度夏日，翁达杰一家（包括我父亲）则回锡兰等待四个月后的婚礼。

抵达锡兰两周后，一天晚上我父亲回家宣布说他与多丽丝·格雷蒂安订婚了。在剑桥被推迟的那场争论这会儿在凯加勒我祖父家的草坪上爆发了。我父亲很平静，对他似乎已经造成的种种麻烦并不关心，甚至不打算给罗斯利普斯家写信。还是斯蒂菲写了信，引发一连串信件往来，其中一封写给了菲丽丝，终止了她的度假计划。我父亲继续使用他拿一个问题解决另一个问题的伎俩，第二天回家说他已经加入了锡兰轻步兵团。

我不知道订婚前他认识我母亲多久了。去剑桥之前，他一定时不时地在社交场合看到过她，因为他最亲密的朋友之一就是我母亲的兄长诺埃尔·格雷蒂安。大约就是在这个时候，诺埃尔回到了锡兰。他在第一学年结束时，因为在自己的房间纵火，被牛津大学开除。其实这本来是很平常的行为，但他进了一步，为了灭火，将燃烧的沙发和扶手椅从窗户丢到大街上，并拖去扔进河里——结果砸沉了牛津赛船队的三艘船。可能就是在去科伦坡拜访诺埃尔时，我父亲第一次面会了多丽丝·格雷蒂安。

那时，多丽丝·格雷蒂安和多萝西·克莱门蒂-史密斯在私下里表演前卫舞蹈，天天都训练。两个女人都是二十二岁左右，都深受伊莎多拉·邓肯舞蹈传闻的影响。大约一年后，她们将公开表演。雷克斯·丹尼尔的日记中有一处提到了她们：

> 总督府邸花园派对……伯莎和我一起坐在总督和汤普森夫人旁边，一场由各种表演组成的演出已经为他们安排好了。第一个露脸的是来自亭可马里的腹语表演者，因为迟到，节目没有经过审查。他喝得醉醺醺的，讲起侮辱总督的笑话来，被叫停了表演。接着上场的是多丽丝·格雷蒂安和多萝西·克莱门蒂-史密斯，表演的节目叫"铜像起舞"。她们穿着泳装，全身涂满闪着金属光泽的油彩。这个舞蹈很惊艳，但金色的油彩让女孩皮肤过敏，第二天她们身上长满了可怕的红疹。

起初我父亲是在迪尔广场的花园里看到她们跳舞的。他会从父母在凯加勒的家开车来科伦坡，在锡兰轻步兵营住下，整天和诺埃尔一起看两个女孩练舞。据说他对**两个女孩**都很着迷，但诺埃尔娶了多萝西，而我父亲则与诺埃尔的妹妹订了婚。主要是为了陪伴我父亲，诺埃尔也加入了锡兰轻步兵团。我父亲的这次订婚不像与罗斯利普斯的那次受欢迎。他给多丽丝·格雷蒂安买了一枚巨大的祖母绿订婚戒指，记在他父亲的账上。他父亲拒绝付款，我父亲威胁要开枪自杀。

最终，由家人清了账。

我父亲在凯加勒闲得无聊，那儿离科伦坡和他的新朋友都太远了。他对轻步兵团的职位漫不经心，几乎只是一种爱好。在科伦坡的聚会上，他常常会突然想起自己是当夜的当值军官，便开车载上计划去拉维尼亚山夜泳的男男女女，进入兵营，穿着礼服套装出来检查一下岗哨，然后跳回车里离开，车里坐满了狂笑不止、酩酊大醉的朋友。但是在凯加勒，他却沮丧孤独。一次，让他开车去买鱼。**别忘了鱼！**他妈妈说。两天后，他父母收到了一封来自几英里外小岛北端亭可马里的电报，说他手头有鱼，很快就会回来。

然而，他在凯加勒的平静生活被多丽丝·格雷蒂安要求解除婚约的信打破了。当时没有电话，所以必须开车去科伦坡一探究竟。但我的祖父对那次亭可马里之行耿耿于怀，拒绝他用车。最后，他搭上了他叔父埃利安的车。埃利安是一个宽厚和蔼的人，我父亲却烦躁狂乱。这种组合几乎酿成了大祸。我父亲这辈子从不驱车直达科伦坡，总要在沿途几个特定的休息站小憩，埃利安出于礼貌不好拒绝年轻的侄子，被迫每十英里就停下来喝一杯。当他们到达科伦坡时，我父亲已酩酊大醉，埃利安也酒意微醺，无论如何，去拜访多丽丝·格雷蒂安已经太晚了。我父亲强迫他叔父在锡兰轻步兵营的餐厅里待下来，大吃了一顿，又喝了更多酒之后，我父亲宣布他现在必须开枪自杀，因为多丽丝解除了婚约。埃利安这时也醉了，费了很大的周折才把锡兰轻步兵营里的每一支枪都藏起来。第二天，问题得以解决，双方再次订婚。一年后他们便结婚了。

1932 年 4 月 11 日

"我记得那场婚礼……他们要在凯加勒结婚，我们五个人得开埃恩的菲亚特车赶过去。在科伦坡和凯加勒之间的半道上，我们认出一辆翻进沟里的车，旁边是科伦坡主教，谁都知道他是个糟糕的司机。他是要为他们主持婚礼的，所以我们只好让他搭便车。

"首先，他的行李必须被小心翼翼地放进去，因为他的教袍不能被压皱了。然后是他的主教冠、权杖、特殊的鞋子及其他的一切。我们挤在一处，由于主教不能坐在任何人的腿上——也没人可以坐在主教的腿上，所以只能让他驾驶菲亚特。在剩下的路程中，我们挤成一堆，受尽惊吓!"

蜜　月

努沃勒埃利耶网球锦标赛已结束，科伦坡刮起了季风。当地报纸头条报道："林德伯格的宝宝找到了——一具尸体！"弗雷德·阿斯泰尔的妹妹阿黛尔成婚；法兰西共和国第十三任总统被一名俄罗斯人枪杀；科伦坡的麻风病人举行绝食抗议；一瓶啤酒卖到一卢比；还有令人不安的传闻说，女士们将穿短裤在温布尔登参加比赛。

在美国，妇女们仍在试图从瓦伦蒂诺的坟墓里盗取他的尸体。一位来自堪萨斯州的妇女与丈夫离婚，因为丈夫不让她住在瓦伦蒂诺陵墓附近。著名音乐剧制作人，查尔斯·布莱克·柯克兰声称："理想的摩登女孩——当今的维纳斯——应该不胖不瘦，有着灵缇犬的线条。"谣传非洲的蟒蛇在减少。

查理·卓别林在锡兰，避免抛头露面，只被看到拍摄和研究康提舞。科伦坡当地电影院上演的电影是《爱情鸟》《作弊被逮》和《禁爱》；中国东北爆发战事。

历史关系

　　在二十来岁的年纪，祖父母忙碌而挥霍。一年大部分时间，他们住在科伦坡，到了炎热的四月和五月，就移居努沃勒埃利耶。不少族人的日记里都提到去"内地"躲避低地炎热的时光。汽车离开科伦坡，进行长达五小时的疲惫旅行，散热器冒着蒸汽，蜿蜒上山。书籍、毛衣、高尔夫球杆和步枪都装进了箱子，孩子们从学校接回，狗洗好了澡，准备上路。

　　努沃勒埃利耶是另外一个世界。那里没人出汗，只有哮喘病人才不想去那里度假。在海拔六千英尺处，族人们会迎来接连不断的派对、赛马、全锡兰网球锦标赛和高水准的高尔夫。尽管最优秀的僧伽罗网球运动员都在内地比赛，但如果他们要与其他国家的冠军对阵，就会回到科伦坡——酷热准定会摧毁对方。于是，当季风和高温潜入科伦坡那些撂荒的房屋时，我祖父母和朋友们就去努沃勒埃利耶了。在一个个巨大的客厅里，他们随着宝爵-摩德利钢琴的音乐翩翩起舞，每个房间的柴火都在噼啪作响。抑或于宁静之夜，在洒满月光的门廊上看书，裁一页，读一页小说。

　　花园里种满了柏树、杜鹃花、毛地黄、马蹄莲和甜豌豆；诸如范兰根伯格家族、弗农·狄更斯家族、亨利·德·梅尔斯和菲利普·翁达杰家族等都在那儿。偶尔会有悲剧发生。卢卡斯·坎特利的妻子杰西卡和我祖父玩槌球时遭不知名袭击者枪击，差点丧命。他们在她身上发现了一百三十三颗弹丸。"可怜的威尔弗雷德·巴托洛梅什长着一口獠牙，出猎时被他的一个同伴误以为是野猪而射杀。"大多数人都属于锡兰轻步兵团的预备役，度假时都会借用枪支。

正是在努沃勒埃利耶，迪克·德沃斯与妻子埃塔跳舞时，她四仰八叉摔倒在地上；她已有好多年没跳舞了。他把她抱起来，放在一把藤椅上，走到雷克斯·丹尼尔斯跟前说："现在知道我为什么戒舞嗜酒了吧。"每天早上，男人们都会去俱乐部打台球，十一点左右乘坐公牛拉的轻便车到达，一直玩到下午休息。其间巨大的布屏风扇在他们头顶飘舞，二十多头公牛在会所旁围成一圈，喷着鼻息。掌管监狱的罗宾逊少校为比赛当裁判。

五月，马戏团来到努沃勒埃利耶。有次马戏团的灯灭了，罗宾逊少校便把消防车开进帐篷，将车头灯对准空中飞人，而那飞人跨坐在秋千上，毫无继续表演的意思。在一次马戏团巡回表演时，我的姑妈克里斯蒂（当时只有二十五岁）站起身来，自愿让"一个完全不懂马戏的人"把苹果从她的头顶上射下来。那天晚上，T. W. 罗伯茨和她跳舞时，腿被狗咬了。后来发现这狗有狂犬病，但因为 T. W. 已去英国，就没人费心告诉他。大多数人都认为他活了下来。他们当时都在。警察局的皮格福德、种植园主佩恩特、浸礼会传教士芬尼利斯夫妇——"她是艺术家，踢踏舞跳得很出色。"

这就是二三十年代的努沃勒埃利耶。每个人都有着或多或少的血缘关系，其僧伽罗、泰米尔、荷兰、英国和葡萄牙血统可以追溯到很多代以前。这个圈子和从未融入锡兰社会的欧洲人和英国人之间，社会差距很大。英国人被视为过客、势利小人和种族主义者，与那些和本地人通婚并永久居住在这里的人相互隔绝。我父亲总是自称是锡兰泰米尔人，虽然这种说法可能在三个世纪前更靠谱些。当一位英国总督问埃米尔·丹尼尔斯他的国籍是什么时，他总结了他们大多数人的情况——"只有上帝知道，阁下。"

祖父母的时代。祖父菲利普·翁达杰据说有着东方规模最大的酒杯收藏；外祖父威利·格雷蒂安则会梦到蛇。我的祖母和外祖母都过着谨小慎微的生活，至少直至丈夫去世。之后她们青春焕发。尤其是拉蜡，她成功说服了所有她遇到的人，让他们陷入混乱。正是拉蜡告诉我们，二十年代"如此异想天开，如此忙碌，我们总是很累"。

男女之战

多年后，拉蜡已到了快要做祖母的年龄，她要去参加一个聚会，站在佩塔市场的雨中。手头不宽裕，她又没有车。公交来了，她和其他人一起挤了上去，在过道里站了十分钟后，找到一个空位，能并排坐下三个人。为了让大家宽松些，她旁边的男人最后把胳膊放到了她的肩膀后面。

渐渐地，她开始注意到过道对面乘客们惊愕的表情，起初一脸不屑，很快就开始相互低语。拉蜡看到她身旁那个男人满脸得意的笑容，似乎很开心，低头一看，发现他的手正从她的左肩上伸过来，揉捏着她的胸部，不禁暗自发笑。

她什么都没有感觉到。五年前，她的左乳就被切除了，他正在热忱地抚弄着她长外衣下面的海绵。

炽焰青春

弗朗西斯·德·萨拉姆是我父亲那一代人中最凶的酒鬼，性子最急，也是第一个把自己喝进坟墓的人。他是我父亲和诺埃尔最亲密的朋友，也是破坏了几场婚礼的伴郎。他胸无大志，慷慨义气，年轻轻就失去了所有的牙齿——他怎么也想不起来这是怎么发生的。打架时，他便拿掉假牙，放进后兜儿里。有阵子他爱上了洛娜·皮亚考德，便在她的婚礼上大打出手。他甚至袭击了自己的妻子，为此他内疚不已，决心将自己淹死在康迪湖一处只有十二英寸深的水中。当他跪在湖里爬来爬去的时候，H——尽可能地安慰了弗朗西斯的妻子，"并尽可能地占了便宜"。如果弗朗西斯是一个酒鬼，H——就是个大色狼，他的好色在科伦坡臭名远扬。

弗朗西斯和他的朋友们发现，船上的酒免税，最便宜，便假装去送别亲友，登上港口的船只，然后在清晨跌跌撞撞地踅下步桥。通常他们被逐出休息室的时候，是诺埃尔一无所能，还要即兴在钢琴上大显身手的时候。有一次被要求证明在船上有认识的人，我父亲便打开了头一个船舱的舱门，声称那睡觉的便是他的朋友。当时我父亲戴着他"剑桥"时代的领带，睡觉的人看了，便昏昏沉沉地为他担保。他们把那个睡觉的人哄到了酒吧，我父亲设法记起了剑桥所有人的名字，甚至还回忆起了臭名昭著的莎伦·K——所干的那些好事，此人给三所学院的人都带来了麻烦。

一天晚上，默文来到我们家，告诉弗农："我们都要去加萨纳瓦，穿好衣服。"那是凌晨一点。弗农出去找衣服，回来却发现默文在床上睡着了，怎么也拽不动。你瞧，他只是需要一个睡觉的地方。

加萨纳瓦是弗朗西斯工作的橡胶园，它变成了他们大多数聚会的大本营。网球比赛后或无聊的晚间，二三十个人会跳上自己的车，如果男人们喝醉了，便由几个女人开车。他们都拥到加萨纳瓦，睡在弗朗西斯为这种场合打造的小屋里。每当清醒的时候，弗朗西斯就试图把庄园变成聚会的理想场所。他靠杜松子酒、汤力水和肉罐头过活。正当他忙着修建一个网球场时，他的老板命他铺设一条像模像样的路通入庄园。这花了他三年的时间，因为在狂热中弗朗西斯把它建造得比科伦坡主要大道还宽三倍。

甚至在今天，人们对加萨纳瓦的回忆也是神话般的。"平房前面有一块可爱平坦的石头，我们在上面随着《月光湾》和《美好的浪漫》等外来歌曲跳舞。"《美好的浪漫》一直是我母亲最喜欢的歌曲。在她六十多岁的时候，我还会撞见她在厨房里哼唱："我们应像一对热乎乎的西红柿／而你却冷冰冰如昨日的土豆泥。"

那个年代的许多歌曲都与豆类、水果和饮料有关。《是的，我们没有香蕉》《我有一堆可爱的椰子》《你衣领上的豆子》《爪哇咖啡舞》……多萝西·克莱门蒂-史密斯会演唱《镇上有家小酒馆》的独唱部分，其他人则醉醺醺地加入合唱部分。就连害羞的林·卢多维克有次也逃学跑到那里，结果是个极棒的模仿者，同时演唱了意大利歌剧的男女角色。意大利歌剧当时大家闻所未闻，一开始都以为他唱的是僧伽罗舞曲。

然而在加萨纳瓦的那块岩石上臻于完美的，更多是探戈。醉醺醺的弗朗西斯一遍遍手摇着留声机播放约翰·鲍尔斯的《里约热内卢的丽塔》，穿着随便的情侣们，身上蒙着一层薄薄的汗水，在月光下随着音乐翩翩起舞。弗朗西斯对女人的脚非常尊重，为了避免踩伤她们，只能独自跳探戈。他会播放《我吻你的小手，夫人》，对着看不见的伴侣模仿出极大的热情，亲吻那虚幻的手，恳求周围的星星和丛林来安抚他无法得到回报的抽象的爱情。他舞跳得很好，但耐力有限，通常会在表演结束时瘫倒在地上。一个女人便会坐在他身边，用凉水给他擦头洗脸。其他人则继续跳舞。

聚会一直持续到二十年代末，直到弗朗西斯因为那条太壮观的路丢了工作。1935 年，大家失去了他。他是每个人完美、温和的朋友，是他们当中最能被原谅、穿着最得体的人。临死前几秒，他手里还拿着一条鱼，低声对人说："男人必须有适合各种场合的衣服。"

浪费的青春。无目的地燃烧。他们尤其原谅并理解这一点。弗朗西斯去世后，大家无处可去，接下来便是一连串的婚姻。那些曾经有过的美好时光，"女人像鸡貂一样互相打斗，争夺某些男人"。

巴比伦大奖赛

"华尔街崩盘对我们产生了可怕的影响，许多马匹不得不由军队接管。"

能诱人丢开美酒佳酿和风流韵事的行当只有赌博。在印度，仅有贵族赌博；在锡兰，银行家、烧石灰工、鱼贩子和有闲阶层在下午肩并肩地赌，欲罢不能。国家统治者真诚地相信，赌博消除了罢工，人们必须工作挣钱才能赌博。

不赌马就赌乌鸦。有个跛脚姑妈，去不了赛马场，便开风气之先，赌哪只乌鸦会先飞离墙头。结果大受欢迎，以至于政府都考虑是否该出资赌金。不管怎样，在格蒂·加文训练出一只宠物乌鸦后，鸟类赌博很快就不再让人信任了。真正的明星都在赛马场上：比如"摩登尼斯"之类的马、"福迪斯"之类的骑师、"芬威克船长"之类的驯马师。岛上到处都是赛马场。如果你坐在大看台上，所有赌注都是五卢比。然后是两个卢比的席位，最后是赛场中间的"甘地围场"，最贫穷的人都站在那里。"最后一场比赛前一个多小时，你能在大看台上看到他们像蚂蚁一样离开，输光了所有的钱。"

赛马最危险的职业是发令员，克拉伦斯·德·丰塞卡是少数幸存者之一，他以一眼就能认出全国的每一匹马而闻名。作为发令员，他远远地站在赛道的另一端。为了防备来自甘地围场人群的死亡威胁，克拉伦斯和他跑得最快的马形影不离。如果一匹受欢迎的马输了，暴徒会穿过赛场冲向发令员，把他撕成碎片。那时克拉伦斯会跳上他的马，在孤独的辉煌中沿着赛道疾驰而去。

赛马和所有人息息相关。整个八月，我母亲会关闭她的舞蹈学校，去看赛马。我的外祖母拉蜡也是如此。她的形象深深地烙在了一些人的记忆中：歪戴着一顶巨大的帽子，毫不考虑身后人的感受。一手掐腰，一手扶帽，一件烟黑色连衣裙的肩上别着朵蓝花楹。她用迎接东方三圣贤的紧张心情，凝望着那一百码长的赛道要上演的好戏。比赛结束后，人们一群群离场去吃晚饭，跳舞到凌晨，去游泳，在拉维尼亚山酒店吃早餐，然后睡到中午，又是开赛的时间。赛季的高潮是总督杯大奖赛。即使在战争期间，八月的赛事也不会推迟。锡兰完全可以在傍晚被入侵，因为此时大多数的轻步兵都在赛马场上。

我的亲戚大多有一两匹马，马儿们几乎整年都闲着，八月赛事来临才被牵出去遛遛。我外祖母的马"快乐迪克曼"，但凡见到泥泞就不肯出马厩。外祖母把大笔的钱押在她的马上，知道总有一天它会一鸣惊人获胜。然而这事最终发生的那天，外祖母却身在北方。她清晨收到一封电报，上面写着"科伦坡遭雨袭"，所以把钱押在了另一匹马上。"快乐迪克曼"在干草皮上驰骋获胜，而日本则空袭击了科伦坡的加勒菲斯绿地。电报上本该写着："科伦坡遭空袭。""快乐迪克曼"再也没赢过。

大多数人都试图拥有一匹马，有人甚至集资买马，每人"持有一条腿"。他们与其说是想培养马感，不如说是喜欢仪式上用的马饰。比如，珀西·刘易斯·德·索伊萨就用心地选择了金色和绿色。年轻时他在剑桥一家餐馆里成功地招待了一位女士，点了瓶香槟，晚宴结束时他低声告诉她，如果他将来能拥有一匹马，马饰颜色就和这酒瓶标签一样。"探照灯戈麦斯"根据某位女士的内衣选择了颜色，粉色和黑色，并以此为荣。

全年都有比赛。五月的季风赛会，二月的哈加勒有奖赛，八月的努沃勒埃利耶杯。有些马近亲繁殖得厉害，以至于骑师们都不能为自己投保了。在一次巴比伦大奖赛中，一匹叫"强制土豆"的马咬了一名骑师，跳了围栏，尽情袭击了甘地围场里起哄的人群，赛事至此被禁。但骑师们也有能捞好处的时候，赌博对某些家庭来说是重要收入，于是不太体面的女性会与骑师睡觉，以便更接近"马口"。

就算人群或马匹没有引起风波，名声不佳的戈麦斯先生出版的《探照灯》杂志也会不甘落后。它是"那种粗鄙恶劣的东西"，攻击发令员、教练和马主们，在比赛间歇提供八卦，供人细细阅读。没人愿意出现在上面，但每人都买它。虽然每份只要五分，杂志却没有欠债，因为最糟糕的爆料只能通过贿赂编辑来缓和。一次"探照灯戈麦斯"玩笑开得太大，惹来了牢狱之灾。每年的一月刊都会发布这一年即将举行的活动。有一年，他在 10 月 3 日下面列出了海利肯尼有限公司的年度火灾，肆无忌惮却一针见血地道破了火灾保险何以用于补救下滑的贸易量，惹来怨恨，因而被起诉。

加萨纳瓦这帮人会设法参加所有比赛。十二月，他们驱车去加勒金姆哈纳，中途停车订购牡蛎，在安巴兰戈达游泳。弗朗西斯的妹妹"茜茜""总想表现自己，所以总是溺水"。男人穿粗花呢，女人穿最好的带裙撑的裙子。比赛结束后，他们回到安巴兰戈达，取回牡蛎，"输了我们便就着葡萄酒吞咽；赢了就拿香槟酒佐食"。然后，情侣们会随意或复杂地结对，跟着车旁的便携式留声机，心不在焉地跳舞。安巴兰戈达是魔鬼舞和驱魔仪式的中心，但这群魔怔了的人隶属于另一个失落的世界。男人把下巴靠在女人一动不动的脖颈上，跳上一两支华尔兹，把牡蛎送入伴侣的嘴里。一个个香槟软木塞随海滩上的波浪翻卷。输光了的人疯狂地笑到深夜。有位妇女挽着一篮菠萝从村里出来，被说服着接受从腕上摘下的手表，换这篮菠萝。午夜时分，内陆更深处，魔鬼舞开始了，鼓声分割着夜晚。那些载着马匹前往下一个赛场的卡车经过路旁这群人时，打开了刺眼的头灯。这些马匹、鼓手以及所有其他人，似乎都负有某种目的。魔鬼舞治愈了眩晕、伤风、耳聋和孤独。在这里，留声机伴随着某种诱惑或某次勃起，诉说着草地和"西班牙小镇"或者"一家小旅馆""一间蓝色屋子"。

一只手掌握住一个女人的脚后跟，她要爬到树上，更清楚地看看星星。男人们冲着玻璃杯嘻笑。大伙又去游泳了，仅靠暮色遮羞，胳膊碰到脸，脚蹭着肚皮。他们本可以马上淹死或坠入爱河的，在任何这样的夜晚，他们的生活都可能被完全改变。

然后，每个人都酩酊大醉。车队在月光下狂奔回加萨纳瓦，一路撞上鸡蛋花树、扁桃树，或滑下路基，在稻田里慢慢下沉到门把手的部位。

热带八卦

"亲爱的，快到这儿来，网球场后面出事了。我想弗里达是晕过去了，看——克雷格正拉她起来。

"别，亲爱的，别管他们。"

我的亲戚似乎大多会在某个时候迷恋上不该迷恋的人，风流韵事的彩虹飞跨婚姻，永不消褪，反倒让婚姻显得是更不忠贞。从二十年代到第二次世界大战，没人必须长大，一贯狂野娇纵，直到我父母这辈跨入中年，才蓦然回到现世中来。比如多年后，我舅舅诺埃尔以王室法律顾问的身份回到锡兰，为年轻时试图推翻政府的那些朋友的性命辩护。

但在早年他们火热的青年时代，这种能量形成了复杂的关系，虽然我至今无法破译他们彼此产生"兴趣"或"吸引"的密码。真相随着历史消失，八卦最终也没能告诉我们任何私人之间的关系。有私奔、单恋、家族恩怨和令人筋疲力尽的仇杀故事，每个人都被牵扯进来，不得不卷入其中。但两人之间的亲密关系却无人提及：他们是如何在对方存在的影响中成长的。没有人谈起这种禀赋性格的交换——一个人如何去吸纳并在自己脸上辨识出爱人的微笑。个体只是在旋涡般的社会潮流中加以审视。一对情侣一旦有所为，谣言就会像一群信鸽一样飞离他们的肩膀。

这一切中，亲密和真实都在哪里？少年与舅舅。丈夫和情人。沮丧父亲的慰藉。为什么我想知道这些隐私？在喝着茶、咖啡，与众人交谈之后……我想坐下来，和谁直言不讳地聊一聊，聊一聊所有逝去的历史，如值得珍重的爱人。

凯加勒（一）

　　我祖父菲利普是一个严厉、冷漠的人。大多数人更喜欢他的弟弟埃利安，脾气好，乐于助人。两人都是律师，但我祖父后来做土地生意赚了大钱，四十岁就如愿以偿地退休了。他在凯加勒镇中心的黄金地段建造了家族的宅邸"石山"。

　　"你叔祖父埃利安是个非常慷慨的人，"斯坦利·苏拉维拉说，"我想学习拉丁语，他便提议每天早上四点到五点辅导我。我天天坐马车去他家，他都已经起身在等我了。"后来，埃利安几次心脏病发作，一家医院给他用了太多吗啡，让他上了瘾。

　　我祖父一生大部分时间都住在石山，从不理睬凯加勒社交圈的人。他非常富有，大多数人都认为他是个势利眼，但对于家人，他却非常有爱心。全家人互相亲吻道晚安和早安，是家里一贯的传统——无论我父亲当时惹出多大的乱子。家人间的争吵在睡觉前被埋葬，第二天一早又被埋葬一次。

　　这就是我们称之为"棒爸"的他，一心要做好父亲好族长，为他更受欢迎的兄弟埃利安撑起一把保护伞，生活在他自己的帝国——凯加勒中心几亩上好的土地上。他长得很黑，他的妻子却很白，祖母的一个追求者放话说，希望他们的孩子们都长斑马纹。全家人都生活在对他的恐惧中。甚至他意志坚强的妻子，也要等到他死后才焕发活力。和其他翁达杰一样，棒爸也有喜欢假装"英国人"的弱点，他身着灰色的西装，衣领浆得硬挺，对他立的那些规矩一丝不苟。当时我

· 030 ·

哥哥只有四岁，至今依然痛苦地记得石山那些规矩严格的聚餐，棒爸在桌子的一端咬牙切齿，仿佛他精心打造的仪式被意志薄弱的家庭给规避了。只有到了下午，当他穿着纱笼和背心，在自己的领地上信步时（这是神秘的糖尿病疗法的一部分），才似乎真正成为周围风景的一部分。

每两年他都会去趟英国，买水晶、学习最新的舞步。他舞跳得无可挑剔。七姑八姨们都记得，他在伦敦邀她们出来跳舞，自然轻松地展示新潮舞步，以此为乐。家里这边的烦心事很多。埃利安不断将自己的钱捐给教会事业，一个堂弟被没喂饱的赛马咬死，还有四个命运乖蹇的妹妹，都在偷偷酗酒。大多数翁达杰的人都喜欢喝酒，时有过量，且脾气暴躁，却尽可能地将此归咎于糖尿病；多数都会被普林斯家族的基因所吸引，并在被劝说后才放弃婚姻，因为普林斯家族无论走到哪里都会带来厄运。

我祖父是战前去世的，好几个月过后，谈起他的葬礼人们仍然愤怒嫉妒。他自认为把一切都安排好了。所有的女人都穿黑色长裙，用茶杯偷偷喝进口香槟。但入土之前，他体面辞世的希望却破灭了。他的四个妹妹和我刚刚解脱的祖母为抬棺材上陡坡去墓地该支付脚夫两卢比还是三卢比争论不休。从科伦坡赶来吊唁的人尴尬不已，像我躺平的祖父一样沉默地等待着。从一个房间吵到另一个房间，从屋里吵到屋外。我祖母愤怒地退下黑色长手套，拒绝继续举行仪式，意识到尸体似乎永远无法离开宅邸时，才在一个女儿的帮助下，重新将手套戴好。我父亲是负责冰镇香槟的，却不见了踪影。我母亲和埃利安叔祖父在一阵咯咯的笑声中，躲进山竹树掩映的花园里。这一切都发生在 1938 年 9 月 12 日下午。埃利安于 1942 年 4 月因肝病去世。

* * *

在接下来的十年里，我的家人很少住在石山，我父亲也有好些年没回那里。那时父母已经离婚，我父亲先后丢掉了各种不同的工作。棒爸本将土地遗赠给了他的孙子们，但我父亲一有需要就会卖掉或送出去一部分土地，这样周围渐渐地盖起房子。我父亲在四十年代后期独自回到凯加勒，从事起了农业。那时候他生活得很简朴，与年轻时的那些朋友不再往来，我和姐姐吉莉安大部分假日都是和他一起度过的。到 1950 年，他又结婚了，和妻子以及第二次婚姻中的两个孩子珍妮弗和苏珊住在一起。

他晚年专心养鸡。他的间发性酒狂症大约每两个月复发一次。两次发作之间，他会滴酒不沾。然后，递给他一杯酒，他喝掉后，便接连三四天没有节制或控制不住地饮酒，其间除了喝酒什么也不做。清醒时他幽默而温和，这时却完全变了样，为了喝酒，不择手段。他不能吃东西，必须时刻带着酒瓶。如果他的新婚妻子莫琳藏了他的酒，他会拿出步枪威胁要杀她。即便在清醒的时候，他也知道自己还得再喝，于是把酒瓶埋遍了整个庄园。醉意朦胧中，他会记得瓶子在哪里。跑进鸡舍，从窝草下挖出半瓶酒。房子侧面的水泥凹槽里塞满了酒瓶，从侧面看，它就像个酒窖。

那些日子里，尽管他还能认得朋友，也知道周围发生的事，却从不和任何人交谈。他必须全神贯注才能准确记得瓶子在哪里，智取妻子和家人。没有人能阻止他。如果莫琳设法销毁了他藏起来的杜松子酒，他就会喝工业酒精。一直喝到躺倒不省人事，然后醒来，又喝。依旧粒米不进。睡觉。起来再喝一杯，这一轮才算完事。大约有两个月，他会不再饮酒，直至下次发作。

我父亲去世那天，已成为凯加勒诉讼代理人的斯坦利·苏拉维拉正在法庭上，信使带给他一张纸条：

默文蹬腿了。我怎么办？莫琳。

* * *

我们和同父异母的妹妹苏珊在美丽的茶乡乌普科特度过了三天。在返回科伦坡的路上，我们驾车穿过卡杜甘纳瓦山口，在凯加勒停留。那座只有我父亲敢开车过去的旧木桥（"上帝钟爱醉汉"，他会对身旁座位上吓得脸色发白的人说。）已经被换成了混凝土桥。

从前在我们看来可爱宽敞的宅子，现在显得狭小阴暗，逐渐被周围的景色淹没。一户僧伽罗人家占据了石山。只有山竹树还枝繁叶茂，小时候在它挂果的季节里我几乎是住在上面。后面，酒椰子树仍旧斜倚着厨房。高大的树上，长着鸡貂爱吃的黄色小浆果。每周有一次，鸡貂会爬到树上，吃一上午的浆果，醉醺醺地下来，跌跌撞撞走过草坪，拔起花草，或者闯进屋子，打翻装着餐具和餐巾纸的抽屉。有次他俩同时喝醉了，我父亲便说"我和我的鸡貂"，唱起了他的那些歌——谣曲、罗杰斯和哈特写的伤心歌，或者他自创版本的《我的爱在大洋彼岸》——

> 我的威士忌飘洋过海来啦
> 我的白兰地飘洋过海来啦
> 但我的啤酒来自 F. X. 佩雷拉
> 那么给我 F. X. 佩雷拉。
> F. X.……F. X.……
> 给我 F. X. 佩雷拉，给我啊……

他从卧室里出来，想咒骂弹钢琴的人——发现屋子里空无一人——莫林和孩子们都出去了，鸡貂在琴键上走来走去，打破了屋子的沉寂，无视还有个人类观众；我父亲想庆祝一下这份伙伴关系，却发现所有的酒瓶都不见了，找不到任何酒，最后他走到挂在房间中央齐头高的煤油灯前，把那种液体倒进嘴里。他还有他的鸡貂。

吉莉安记得一些他藏酒瓶地方。这里，她说，还有这里。她的家人和我的家人在宅子里走来走去，穿过萧条的花园，里面还有番石榴树与芭蕉树，以及被遗忘了的旧花圃。实际上我祖父曾为之奋斗的"帝国"，业已销形匿迹了。

不要跟我谈马蒂斯

亚洲碑石

挂在我哥哥多伦多家墙上的是些假地图。锡兰的往日图像。那些观光所获和贸易船上瞥到的结果，根据六分仪理论绘制而成。其形状差异之大，看上去都是些翻译——由托勒密、墨卡托、弗朗索瓦·瓦伦坦、莫蒂埃和海特所译——从神话的模样渐变为准确的形状。先是变形虫，接着是粗大的长方形，然后是我们现在所知的岛屿，印度耳朵上的一个耳坠。它的周围是蓝色的海洋，满是海豚、海马、小天使和指南针。锡兰漂浮在印度洋上，托着稚拙的山脉、食火鸡和野猪的图像，食火鸡和野猪不讲透视关系地跃过想象出来的"沙漠"和平原。

地图的边缘，有涡卷装饰的纹章描绘了穿着拖鞋似的凶猛大象、白人女王向携带象牙和海螺的土著人赐赠项链、摩尔国王站在象征权力的书籍和盔甲之间。一些地图的西南角，蹄踏飞沫的萨梯[1]倾听着岛屿的声音，尾巴在海浪中搅动。

这些地图揭示了有关地形的传闻、入侵和贸易的路线，以及在阿拉伯、中国和欧洲中世纪的记录中随处可见的旅行故事中黑暗疯狂的想法。这个岛诱惑了整个欧洲，葡萄牙人、荷兰人、英国人。因此，它的名字和形状在不断变化——塞伦迪普、拉特纳皮达（"宝石之岛"）、塔波巴内、泽洛安、泽兰、塞伊兰、塞永和锡兰——经历多次婚姻的妻子，被登上

1　萨梯，森林之神，好酒色，在希腊神话中是人身马耳马尾，而在罗马神话中是生有羊耳羊尾羊腿羊角的人形。

海岸、通过利剑、《圣经》或语言夺取一切的入侵者所追求。

　　这个耳坠，一旦形状固定下来，就变成了一面镜子，假装把每一个欧洲列强都映照出来，直到更新的船舰抵达这里，将船上的人倾倒下来。这其中，有一部分人留下来通婚了——我自己的祖先于1600年来到这里，是一名医生，用一种奇怪的草药治愈了时任总督的女儿，被赐予了土地、一位外籍妻子和一个新名字。他用荷兰语将其拼写为Ondaatje（翁达杰），是对统治语言的戏仿。荷兰妻子过世后，他娶了一个僧伽罗女人，生了九个孩子，定居下来。就在这里。在传闻的中心。在地图上的这个位置。

圣托马斯教堂

在科伦坡，一座教堂朝西面向大海。我们沿着填海街驱车穿过市场和服装。面前的教堂被漆成了淡淡的脏蓝色。山下，有一艘巨型油轮，它让港口和商店显得格外渺小。我们下了车，孩子们跟在后面。一条大约十二英尺宽的路，两边全是芭蕉树。像所有教堂的门一样，这座教堂哥特式的门给人一种徐徐推开的感觉。里面的木制长椅投下几何形的阴影，还有在孩子们的赤脚下发出声响的石板地。我们分散开来。

暗夜将至，动作必须迅速，因为墙上有这么多先辈的黄铜纪念匾要读。首先看到的年代都太近了，十九世纪的。然后，在圣坛栏杆旁我看到了它——就刻在石头地板上。跪在建于1650年的教堂地板上，看到你的姓氏用巨大的字母刻出，字母大得从指尖一直延伸到肘部，能奇妙地去除你的自负，消解个体感。它让你自己的故事变成抒情诗。当我半喘着粗气召唤我姐姐时，脱口而出的声音道破了这种渺小感和被石头震慑所带来的兴奋。

是模糊不清挽救了我。石板长五英尺，宽三英尺，大部分已经磨损。我们在渐暗的光线里保持着跪姿，让孩子们挪开他们的影子，仄着头努力想看清那些被来往人脚磨损的字母的模糊边缘。光线斜靠进凿出的区域，犹如柔软的沙子。这石板的右边还有一块，我们一直毫无察觉地站在它上面，就像站在别人步枪的瞄准镜里。我读，吉莉安边在棕色信封上做记录：

纪念菲利普·尤尔根·翁达杰的妻子娜塔莉亚·阿萨拉帕。1797年出生，1812年结婚，1822年去世，享年二十五岁。

她才十五岁！这怎么可能。但没错。她结婚时十五岁，去世时二十五岁。也许那是他娶雅各布·德·梅略之前的第一任妻子？恐怕是家族的另一个分支。

我们从教堂搬出六册簿录，迎着最后的阳光，坐在代牧住所的台阶上读起来。翻阅古老的书页，就像翻弄只留下筋脉的枯叶。黑色的字迹必是一百年前就变成了棕色。厚厚的书页发霉变色，显露出蠹虫造成的破坏，成为当地无瑕史录和正式签名上的疤痕。没想到我们在这里找到了不止一个翁达杰，石板和书页上到处都是他们。我们本来寻找的是尤尔根·翁达杰牧师——他是一名翻译，并最终于1835年到1847年间成为科伦坡的牧师。然而，似乎方圆数英里的每一个翁达杰都汇集到这里来受洗和结婚。尤尔根去世后，他的儿子西蒙接替了他的位置，成为锡兰最后一位泰米尔殖民地牧师。

西蒙是四个兄弟中最年长的。每个星期天早上，他们都会带上各自的妻儿坐着马车来到这座教堂，在礼拜结束后，去代牧住所喝饮料吃午饭。饭前，闲谈会激变成争论，兄弟们都要求把自己的马车拉过来，和饥肠辘辘的家人一起爬上去，各自朝着不同的方向乘车回家。

多年来，他们一直尝试着一起吃饭，但始终未能成功。

每人在自己的领域都很卓越，且太爱说教并脾气暴躁，无法在任何议题上与兄弟们达成一致。无论谈论什么都会触碰到别人专注的领域。甚至当话题是看似无辜的鲜花时，时任锡兰植物园园长威廉·查尔斯·翁达杰博士也会对所有观点不屑一顾，要其他人服服帖帖。他是把橄榄介绍到锡兰的人。金融或军事是马修·翁达杰的领域，法律和学术方面的专长练就了菲利普·德梅尔霍·尤尔根的毒舌。唯一完全自由的人是西蒙牧师，他可以在布道时随心所欲地讲话，知道他的兄弟们无法打断他。毫无疑问，当他为了吃一顿平静的午餐来到隔壁代牧住所时，就踏入了地狱。然而只要有葬礼或洗礼，所有兄弟都会到场。教堂的记录显示西蒙的签名见证了所有这些事件，他的签名和我父亲的非常相似。

黄昏时分，我们站在教堂外。这座建筑已经在这里耸立三百多年了，经历一次次季风、季节性干旱和其他国家的入侵。它的庭园曾经很美丽。山下的海港里，灯光开始慢慢亮起来。正要钻进大众汽车时，我外甥女指了指一座坟墓，我便穿着凉鞋穿越灌木。"当心蛇！"天啊！我快速向后一跳，钻进车里。在驱车回家的五分钟内，夜幕快速降临。我在自己的房间里坐下来，把各种信封上的姓名和日期誊写在笔记本上。做完这些事，去洗手，竟有一个诡异的时刻，清楚地看到深灰色的旧纸灰流入下水管里。

季风笔记（一）

　　勘察丛林和墓碑……阅读一百年前破损的剪报，任其像湿沙子一样在你手中散掉，而信息则像塑料娃娃一样坚硬。看豹子缓缓啜饮，看乌鸦不安地栖在枝头张嘴四望，看到一条大鱼的轮廓，被漩波俘获抛掷；去到没人穿袜子的地方，睡觉前你要洗脚；看到我姐姐让我轮番想起我父亲、母亲和兄弟。暴风雨中驱车，大雨将街道淹没一小时，之后积水迅速蒸发；汗水滴落在这支圆珠笔写过的地方；坐在吉普车后排波罗蜜滚过你的脚面；有十八种方式描述榴莲的气味；公牛在雨后能让车船都开停。

　　坐下来吃饭，注意到餐桌上所有的勺子都映出摇动的风扇。频繁地开着那辆吉普车出门，以至于无暇顾及从身旁滑过的这个忙忙碌碌的国家，一切都迎头冲来，又像雪花飘过。对羽毛般又黑又浓的巴士尾气每个人都深恶痛绝；有个男人在窗口呕吐；刚死的猪在运河路上被烧光了毛；儿时伙伴在游泳池的另一边正用毛巾擦干她们的孩子；还有我手表的玻璃表盘里进了海水，水下的磷晚上在我床边闪闪发光；第一周，十五美分的凉拖让我双脚内侧起了血泡；在科伦坡、康迪、贾夫纳、亭可马里等地疯狂地购买纱笼；中午时分被棕榈酒不知不觉掀翻，酣然睡去，不记所梦；女人和男人在餐桌下赤着双脚；聚会结束后，五秒之内顶着雷雨从门廊走到车里，我们已浑身湿透；没打头灯地开了十分钟车——那天下午我们的头灯在游泳池被偷了——午夜车内的酷热把我们烘干了，水汽的幽灵在柏油马路上四处游荡；还有那个睡在街上的人，当我叫醒他时，很不以为然。我们各自说着不同的语言，我打手势比画一辆车会从拐角驶来撞上他。他喝醉了，让我一遍遍地为他重复这个动作。我回到车里，又湿透了，开了五英里车后又干了；墙上的壁虎僵硬地摇着尾巴，嘴巴被一只蜻蜓塞满，蜻蜓的翅膀正对称地消失在它嘴里——黑色逐渐充满它几乎透明的身体；一只尾部光亮的黄色蜘蛛穿过坐浴盆；我女儿声称她在马斯凯利亚网球俱乐部的厕所里看到了一只白色老鼠。

我目睹了全部。会在某个早上醒来，整天只用鼻子嗅闻。一切是如此的丰富，我得挑选感官。而一切依旧以那种椰子落到人头上的命定速度缓慢地移动，就像贾夫纳的火车，就像低速的风扇，就像下午必要的睡眠，当梦被棕榈酒抹去。

舌头

午后我和几个孩子沿着海滩走了一个小时——从乌斯韦塔克亚瓦的花园脚下，经过沉船，到飞马礁酒店。我们在沙丘中爬上爬下，右侧的脸和身体被太阳炙烤着，二十分钟后，就感到筋疲力尽，头昏眼花。我的一个孩子谈起她离开加拿大前做的一个梦。浪花飞溅，雪白耀眼。热得抓狂。我们的左边，是村庄树木的阴凉，螃蟹避开我们赤脚的步伐。我不停地数有几个孩子，总觉得少了一个。我们低头看路，避开阳光，于是出乎意料地发现了那具尸体。

从后面看，它像一条鳄鱼，大约八英尺长。然而，吻是钝的，不是尖的，就好像鳄鱼的鼻子被砍掉、其尖锐的边缘被潮汐磨平了。有那么几秒钟，我真以为是这样。我不让其他人走得太近，以防它没死透。它的尾巴上有两排尖尖的鳞片，灰色的身体上布满黄色斑点——中心的黑色漫成黄色的环。看起来很肥硕。大约十码外的村庄里，似乎没人注意到它。我意识到这是卡巴拉戈亚。用英语说就是一种半水生巨蜥。它很危险，尾巴能抽死人。这家伙一定是从河里被冲进了大海，然后漂上了沙滩。

卡巴拉戈亚和塔拉戈亚在锡兰很常见，在世界其他地方却很少有。卡巴拉戈亚体型硕大，和普通鳄鱼差不多，而塔拉戈亚则体型较小，是鼺蜥和巨蜥的杂交品种。约翰·莫德维尔爵士是首批描写锡兰的旅行家之一，谈起过它的"短腿和长指甲"。而罗伯特·诺克斯在提到卡巴拉戈亚时则说：

"它有细绳一样分叉的舌头，张开嘴，伸出舌头，嘶嘶作声。"卡巴拉戈亚实际上是一种有益的清道夫，现在受法律保护，因为它捕食损毁稻田堤埂的淡水蟹。唯一会吓到它的是野猪。

塔拉戈亚却吃蜗牛、甲虫、蜈蚣、蟾蜍、石龙子、蛋类和幼鸟，也不讨厌垃圾。它也很善于攀登，可以从四十英尺高的树上跳到地面，侧着胸部、腹部和尾巴着地，以缓冲坠落。在凯加勒，塔拉戈亚会爬到树上，跳上房顶或跃入室内。

塔拉戈亚有着锉子那样的舌头，可以"捕捉"并钩住物体。有种传说，如果给孩子吃了塔拉戈亚的舌头，他会变得口若悬河，妙语连珠，并且在他的演讲中"捕捉"并收集精彩、幽默的信息。

吃舌头是有方法的。将塔拉戈亚放在地上，头窝到喉咙底下，握紧拳头击打它的颈背将它杀死。杀死之后，舌头应尽快割下并食用。拿一根芭蕉或香蕉，去皮，纵向切成两半，将灰色的舌头夹在两片香蕉之间做成三明治，囫囵吞下不要咀嚼，让它整个滑下喉咙。多年后，这会给人带来言语上的辉煌，尽管有时会伴有不良行为（诸如焚烧家具之类）。除了可能死掉，我不知道还有什么其他副作用。

我舅舅诺埃尔吃过一条塔拉戈亚舌头，他吐出了一半，大病一场，差点死掉。他的母亲拉蜡习惯于不顾安危地投身于当地诸如此类的做法中，坚持要他吃。无论如何，她的儿子确实成了一名才华横溢的律师和讲故事的高手，而他才吃了一部分舌头。我父亲非常了解这个传说，在安巴兰托塔的休息站里，他建议我们吃上一些。刚好有一个从屋顶上掉下来，在那里被杀好了。所有的孩子都躲进浴室里尖叫，直到该离开的时候。

塔拉戈亚还有其他用途。它是唯一可以被持续呕吐的患者吃下去的肉，晨吐的孕妇也服用它。但作为孩子，我们却知道塔拉戈亚和卡巴拉戈亚到底有什么用处。一月至四月，卡巴拉戈亚在树洞中产卵，其间适逢皇家托米安板球赛。我们便会把蛋收集起来，扔向满是皇家学生的看台上。这是些很棒的武器，因为只要溅上蛋液皮肤就会奇痒无比。我们用塔拉戈亚来攀墙，在它的脖子上系一根绳子，把它扔过墙头。它的爪子会牢牢抓住任何物体的表面，我们便在它后面拽着绳子爬上去。

大约在我出生前六个月，我母亲在佩尔马杜拉观察到了一对"交配"的卡巴拉戈亚。国家博物馆出版物《锡兰脊椎动物彩图集》第二卷提到了这次目击。这是我最早的记忆。

甜美如乌鸦

献给八岁的海蒂·科里亚

"僧伽罗人无疑是世界上最没有音乐天赋的，简直不可能有谁更缺乏音调、曲段和节奏感了。"

保罗·鲍尔斯

你的声音听起来像蝎子被
推进玻璃管
像有人踩到了孔雀
像风在椰子里嚎叫
像一本生锈的《圣经》，像有人拉着带刺的铁丝网
穿过石头庭院，像头溺水的猪，
油炸着蔬菜瓦塔卡
骨头和骨头握手
青蛙去卡内基音乐厅唱歌
像乌鸦在牛奶中游泳，
像鼻子被芒果砸中
像皇家托米安赛场的观众，
像塞满双胞胎的子宫，一条贱种狗
嘴里叼着只喜鹊
像卡萨布兰卡的午夜航班
像巴基斯坦航空的咖喱，

像一台着火的打字机，像煤气的魂魄
烧着你的晚饭，
像一百片油炸脆片被压碎，像某人
在黑屋里徒劳地试图划亮三根玫瑰牌火柴，
你把头伸进海里时，暗礁发出的咔嚓声，
海豚向昏昏欲睡的观众朗诵史诗，
有人向风扇扔茄子时，风扇迸出的声音，
像在佩塔市场上切菠萝
像槟榔汁击中半空中的蝴蝶
像整个村子跑上街裸奔
边跑边撕碎他们的纱笼，像一个发怒的家庭
要把吉普车从泥潭里推出，像针上的泥土，
像自行车后面驮着八条鲨鱼
像三个锁在厕所里的老太太
像我午睡时听到的声音
有人戴着脚镯穿过我的房间。

卡拉波塔斯

"锡兰这段旅程令人疲惫！疲惫！整夜被打扰得劳顿不堪——嘈杂的大海，更吵闹的是种植园主们砰砰地打开汽水瓶的声音，还有清晨乌鸦和公鸡的叫声。

在我看来，这个岛上的棕色人种好奇到令人作呕的地步，既讨厌又愚蠢。其间，这帮野蛮人还一直咧嘴大笑，互相喋喋不休。

……沿途真是风景如画。各种动物，猿猴、刺猬、犀鸟、松鼠、鸽子还有想象中的路！"

摘自 1875 年爱德华·李尔的锡兰日记

"陶尔米纳、锡兰、非洲、美国——毕竟就我们而言，它们只是对我们所代表的和对我们本身的否定：我们更像约拿那样，逃离我们的所属之地。"

"……锡兰是一种体验——但我的天，绝非永恒。"

戴维·赫伯特·劳伦斯

"所有的丛林都是邪恶的。"

雷纳德·伍尔夫

* * *

我坐在布勒路的一所房子里。我就是那个外国人，那个讨厌外国人的浪子，正望向杂草丛生的花园和两只对任何东西都狂吠的狗，它们不断冲到空中去扑抓小鸟和松鼠。蚂蚁爬到桌子上，什么都要尝一尝，就连我的玻璃杯（只装着冰水）也引来了十几只。它们蹚进杯底留下的水渍，看里面是否有糖分。在一年中最热的月份，我们又回到了科伦坡的酷暑里。这是美味的炎热。汗水活生生的，顺着身体流下，就像一个巨大的鸡蛋在我们的肩膀上碎裂开来。

从凌晨四点到早上九点左右是最舒适的时间；一天的其余时间，炎热就像动物一样在房子里踱来踱去，拥抱每个人。没有人会离开风扇太远。有钱的僧伽罗人四月就进山避暑了。有人怀疑，亚洲色情文学中的大部分事件都发生在山上，因为在科伦坡，除了凌晨之外，性几乎是不可能的。在过去的一百年里，也很少有人在这个月份被怀上。

这炎热让英国人发疯。1922 年，D.H. 劳伦斯来康迪的布鲁斯特家做客，在锡兰待了六个星期。尽管康迪比科伦坡凉爽了好几度，他暴躁的脾气依然像汗水一样冒了出来。他觉得僧伽罗人太随意，对"散发木瓜臭味的佛教徒"抱怨不止。他来的第一天，布鲁斯特夫妇带他去康迪湖周围散步。据雅萨和厄尔布鲁斯特描述，劳伦斯拿出他的银表，注意到表已经停了，便勃然大怒，又拉又拽，把链子弄断，将表扔进了湖里。银质的计时器顺流而下，加入了那些更贵重的由康迪国王们埋藏的失落宝藏。

炎热使外国人蒙羞。昨天，从康迪到科伦坡的途中，我们路过的每个村庄都在进行新年庆祝活动——油杆攀爬、自行车比赛，路边的人群在自行车骑手经过时将一桶桶水泼到他们身上——所有人都加入了这炽热中午的庆祝活动。而当我们驱车驶向低地的炎热时，我的孩子们却变得越来越好斗，相互大喊着闭嘴，闭嘴，闭嘴。

离布勒路两英里远的地方住着另一个外国人。巴勃罗·聂鲁达。三十年代，有两年的时间，他住在韦拉瓦特，为智利大使馆工作。他刚从缅甸和《鳏夫的探戈》中的乔丝·布利斯[1]那里逃出来，在《回忆录》中着重描写了他的宠物獴。我的一个表姨还记得他来吃饭，不断地唱歌。但《地球居所》中的许多黑暗的幽闭恐惧症作品都是在这里写的，这些诗歌察觉到这里的景色被拥挤的超现实主义控制，充满了植物的暴虐。

锡兰总是有太多的外国人……我外甥女称他们为"卡拉波塔斯"——长着白色斑点的甲壳虫，从来不在这里久留，进来欣赏一下风景，不喜欢"好奇的当地人"，然后就离开了。起初他们来到这里，因为痴迷于肉桂气味这样微妙的东西，征服了这片土地。他们做香料生意发了财。在海上十英里外，当船只逐渐靠岸时，船长会把肉桂撒在甲板上，邀请船上的乘客在还没看到海岛之前闻一闻锡兰的味道。

"锡兰离天堂只有四十英里，"有传说道，"那里可以听到天堂喷泉。"但是，当罗伯特·诺克斯在十七世纪被囚禁在岛上时，他是这样回忆自己的时光的："我就这样被遗弃，孤苦伶仃、病魔缠身、身陷囹圄。没有尘世的安慰者，只有他从天堂俯瞰，聆听囚犯的呻吟。"

1　聂鲁达在缅甸的情人。聂鲁达在他的诗歌《鳏夫的探戈》里描写了他们这段纠结的恋情。

从一种想象飞跃到另一种想象几乎毫无可能，一如苔丝狄蒙娜[1]无法真正理解摩尔人的军事功绩。我们要么拥有我们生长其内的国家，要么就是外来人与入侵者。奥赛罗的才华是一只迷惑了她的华丽的袖子。这个岛是一个要被洗劫的天堂，所有能想象得到的东西都被收集起来运回了欧洲：豆蔻、胡椒、丝绸、生姜、檀香、芥末油、棕榈根、罗望子、野生靛蓝、鹿角、象牙、猪油、菖蒲、珊瑚、七种肉桂、珍珠和胭脂虫。**香薰之海**。

如果这里是天堂，那么它也有黑暗的一面。我的祖先威廉·查尔斯·翁达杰至少知道当地同胞能轻易搞到的五十五种毒药，但似乎没有一种被用来对付入侵者。各种各样的砒霜、蜈蚣、蝎子、蟾蜍和萤火虫的汁液，豺狼和"獴"，磨碎的蓝孔雀石——这些都可以分分钟将人毒死。"巴豆的种子被用来辅助盗窃和其他犯罪目的。"他在他的生物笔记中写道。有关皇家植物园报告的第二十八条脚注，是他最抒情的时刻，威廉·查尔斯偏离了论文的正文，走出拉丁化的花园，带着蜗牛或鸟儿的激情，向我们献上了他的心：

> 这里有壮观的棕榈树，枝干高耸叶片优雅，还有鞋花和可食用的百香菊。在这里，睡莲靠着阔大的叶子在河上游来游去——它们是水生植物的王子！阿加-穆拉-奈蒂-瓦拉，**无头无尾的爬行植物**，缠绕在树上，垂着大朵大朵的花彩……奇怪的是，它们既没有叶子也没有根须。

1　苔丝狄蒙娜是莎士比亚悲剧《奥赛罗》中的女主人公。

这里是长着翅膀的乌鸦嘴属植物，大鼻子的狐狸孙子花，以及圣经中有着多汁叶子和极小浆果的芥末树。热闹非凡的金合欢以其甜美的芬芳熏香了沉闷的平原，而其他悲伤无名的花朵则在黑暗中凋谢，使夜晚变得甜美。

这些日记以记述美和毒药为乐，他用当地的蔬菜创制了"纸"，在狗和老鼠身上测试当地的草药和毒药。"贾夫纳的一名男子吃尼加拉根自杀……白花丹属的混合物被用来堕胎。"他随意地列举出身边潜在的武器。卡拉波塔斯爬过它们，欣赏着它们的美丽。

这个岛隐藏了自己的知识。复杂的技艺、习俗和宗教仪式从新城转移到了内陆。只有被一位康迪国王囚禁了二十年的罗伯特·诺克斯，学习了它的传统，很好地描写了这个岛屿。他的回忆录《历史关系》被笛福当作充满好奇心的鲁宾逊·克鲁索的心理源头。"如果你仔细观察克鲁索的特征，会发现他不是荒岛上孤独的居民，而是与自己的同胞隔绝，身在异国他乡的异客……他拼尽全力，不仅是为了回归，也是为了有效利用他所独有的才能。"

除了诺克斯，以及后来写下小说《丛林中的村庄》的雷纳德·伍尔夫，没什么外国人真正明白他们身处何地。

*　　*　　*

我依然认为最美的字母表是由僧伽罗人创造出来的。墨虫弯曲成镰刀、勺子、眼睑的形状。这些字母是水洗成的钝玻璃，脱尽了锐角。梵语大都是垂直状，而这种尖锐的网格特征在锡兰语中是不可能的。这里人们用来书写的奥拉叶太脆了，直线会把叶子割开，因此卷曲的字母从它的印度表亲那里衍生出来。月亮椰子，情人脊椎。

五岁那年——我平生书写唯一一丝不苟的时候——我坐在热带的教室里，学习字母ඉ和ல，一页又一页地重复抄写，如何书写。语言的自画像。ම。炊具上的盖子状如火苗。多年后，我翻阅一本生物课本，看到一整页对身体小骨头的描述，很高兴地认出了我从库马罗达亚的一年级读本那里第一次抄下的字母形状和结构。

在圣托马斯学院男校，作为惩罚我得写"句行"。一百五十遍。කොපල්ලන් නිවපෙහි වහලයට නැගි පොල්ගෙඩි විපි තොකරමි.我不该把椰子从科普斯通之家的屋顶上扔下来。බාර්තබස් පියතුමාගේ තාරයේ වර්වලට බිසිද මුත්‍ර තොකරමි.我们不再往巴纳布斯神父的轮胎上撒尿。这是一次集体抗议，是我社会主义倾向的首次流露。白痴的短语在页面上向东移动，仿佛在寻找经线和故事，寻找在写了这么多遍之后会突然闪现的意义或优雅。多年来，我一直认为文学是一种惩罚，一块游行的场地。写作带来的唯一自由是作者能在墙壁和桌子上粗鲁地表达自己。

公元前五世纪，涂鸦诗被刻画到了西吉里亚的岩石上——这是一个专制国王的岩石堡垒。短诗配上壁画中彩绘的妇女，描述了所有混乱和破碎的爱情。诗歌是献给那些消耗和克服了世俗生活的女神的。这些诗句将乳房视为完美的天鹅；眼睛如地平线一样修长而干净。匿名诗人一次又一次地回到同样的隐喻中。美丽的误比。这是该国的首批民间诗歌。

政府在1971年叛乱期间逮捕了数千名嫌疑人，锡兰大学的维迪亚兰卡拉校区变成了拘押营。警察肃清罪犯，试图摧毁他们的精神。当大学再次开学时，返校的学生们在校园的墙壁、天花板和隐蔽的角落里发现了数百首诗。四行诗和自由诗，关于斗争、折磨、不屈不挠的精神以及对为事业而牺牲的朋友的爱。在它们被涂上石灰和碱液覆盖之前，学生们花了好几天的时间跑来跑去，把它们记在笔记本上。

* * *

我花了好几个小时与佩莱德尼亚图书馆的负责人伊恩·古内蒂莱克讨论锡兰作家，他给我看了一本他编写的关于叛乱的书。由于审查制度，它只能在瑞士出版。书的后面是十张木炭画的照片，这些木炭画是一名叛乱分子在他藏身的房子的墙壁上画的。叛乱分子的平均年龄为十七岁，数千人被警察和军队杀害。当凯拉尼河和马哈维利河载着沉重的尸体流向大海时，这些绘画被销毁，所以现在这本书是对它们的唯一记录。这位艺术家是匿名的，这些作品看上去和西吉里亚壁画一样伟大，也应该是永恒的。

他还向我展示了拉克达萨·维克拉玛辛哈的诗歌，他是他的密友之一，最近在拉维尼亚山溺水身亡。一个强大而愤怒的诗人。拉克达萨比我早两年进入圣托马斯学院，虽然我们从未谋面，但我们在相同的教室跟从相同的老师读过书。

我要离开他家时，伊恩又谈起了塞满他书房的乔治·凯特的美丽画作，以及为了保持真相，披露传说，他不得不在其他国家出版的书。他知道历史就是当下，是他的朋友拉克达萨在游客们去晒日光浴的拉维尼亚山的蓝色大海中失去知觉的最后时刻，是被烧毁的墙体上的那些木炭画，其热诚的良知理应被镌刻在岩石上。还有我不知道的声音，匿名的愿景，和秘密。

今天早上，在布勒路的房子里，我读到了拉克达萨·维克拉马辛哈的诗。

不要跟我谈马蒂斯……
1900 年的欧洲风格，工作室的传统
裸体女人永远躺在那里
一片血上。
倒该和我谈谈文化——
谈凶手如何得以维持
靠着从野蛮人那里抢来的美丽：我们遥远的
乡村迎来了画家们，我们刷着白灰的
泥棚上炮火飞溅。

高处的花朵

她的棉布的缓慢移动
高温下。
     脚的硬壳。
她砍黄椰子
那种阿努拉德普勒石的颜色。

我祖先忽略的女人
坐在门口砍椰子
清洗大米。

她丈夫移动在
树间的空气中。
臀后别一把弯刀。
在椰子树
高大的阴影中
他抓住头上绳索的路径
用赤脚踩住另一根。
从切开的花中
他啜饮了第一口香甜
然后将剩余的
注入窄颈罐子里
接着走向下一棵树。

在瓦塔拉小路的上空，
卡卢塔拉，棕榈汁采集者行走着
为酒馆的大缸收集白色液体。
下面这里的光线
暴风般穿过树枝
沸腾了街道。
村民站在阴影里喝着
锥形叶片中的液体。
他飞快工作以完成配额
赶在狂躁的季风之前。
刀和罐的形状
与十八世纪博物馆版画里的一模一样。

村里，
一个女人在
藤席上筛米。
分开的砂砾和谷壳
被抛向太阳。

从他高处花朵的黑暗中
到这个被泥墙包围的房间
重要的事情都发生在阴影里——
她谨慎缓慢的移动他行走的梦想
从一棵树到另一棵树，没有绳子。

给他这自由的不是虚荣
而是技巧和习惯，弯曲的刀
他父亲给他的，是那上面的凉爽
——因为地面的热气还没有升起——
让他忘记了必要性。

国王。堡垒。大太阳下的车流。

门内，女人
在黑暗故旧的快乐里转身。

她头顶的高树上
阴影消除了
他经过的路。

去科伦坡

从西吉里亚返回　山包
在高绿中　灰色
动物堡垒岩石　石爪
野猪的谣言

　　　通过

水稻梯田
公牛　棕色男子
齐膝处起身　像泥土
隆出泥土

阳光　阳光

停下来享受清凉的库鲁巴
舀出半成形的白瓤
送进我们的嘴里

　　　去除
吉普车的帆布墙
迎接低地空气

阳光后面的长椅上
女人　椰子　刀

像你这样的女人

（集体创作——西吉里亚涂鸦诗，公元前五世纪）

她们纹丝不动
这些大山的女人
看到我们
连眼皮也不动一下。

国王死了。

她们不侍奉任何人
把坚硬的石头
当作情人。
像你这样的女人
让男人倾吐心声

"见到你我不再想要
别的生活"
"金色的皮肤
攫获了我的心"

来到这里
离开漂白的土地
爬上堡垒

崇拜岩石
以身后
空气的孤独
　　　刻下字母
动机是完美的欲望

要这些女性肖像
开口说话
并且爱抚。

数百首小诗
由不同的手
合而为一
单相思的习惯。

见到你
我不再想要别的生活
然后转身
面向天空
以及下面所有的地方
丛林，热浪
世俗爱情

握住鲜花
圈起
食指和拇指
这是一扇窗

通向你的酥胸

皮肤的快感
耳环　耳环
腹部的
卷毛
　　然后
石头美人鱼
石头心
干燥如
岩石上一朵花
你们这些细长眼睛的女人
金色的
沉醉的天鹅乳房
嘴唇
长长的眼睛

我们依天而立

我给你带来

长笛
从潜鸟的
喉咙里

那么跟我谈谈
那颗沧桑的心吧

肉桂剥皮工

如果我是肉桂剥皮工
我会骑你的床
并留下黄色树皮的尘粉
在你的枕头上。

你的乳房和肩膀会变臭
你永远无法穿过市场
而不让我的手艺
浮绕在你身上。盲人会
知晓他们偶遇了什么人
尽管你可能淋湿
在排雨槽下，在季风中。

大腿根这里
这片平坦的牧场
与阴毛为邻
或那沟痕
劈开你的后背。这只脚踝。
你会被陌生人认出
是肉桂剥皮工的妻子。

我几乎无法瞥视你

在婚前
从未碰过你
——你鼻子敏锐的母亲，你粗暴的兄弟。
我把双手
埋在藏红花中，用冒烟的沥青熏
掩饰它们，
帮助采蜜者采蜜……

                    *

我们游过一次泳
我在水里摸过你
我们的身体保持各自的自由，
你可以抱着我，对气味嗅而不觉。
你爬上岸说

    你就是这样摸其他女人的
割草工的妻子，烧石灰工的女儿。
你在手臂上搜寻
缺失的香气
        并且知道

    那能有什么好处
成为烧石灰工的女儿
留不下任何痕迹

仿佛做爱时没听到情话
仿佛受了伤，却没有留疤的乐趣。

你用小腹
触碰我的手
在干燥的空气中并且说
我是肉桂
剥皮工的妻子。闻闻我。

凯加勒（二）

石山的家里到处都是蛇，特别是眼镜蛇。紧挨屋子的花园虽然没有那么危险，但再往前一步，就会看到好几条。我父亲晚年饲养的鸡更是巨大的诱惑，蛇会来取蛋。我父亲发现唯一能阻止它们的是乒乓球，他把一箱箱乒乓球运到石山，并把它们分放在鸡蛋中间。蛇会把球整个吞下去，无法消化。在他写的一本家禽养殖小册子中，有好几段是关于这种治蛇方法的。

蛇也有进屋的习惯，每月至少会有一次尖叫声不断，一家人到处乱跑，拿出猎枪，把蛇崩成碎片。墙壁和地板的某些部分显露出枪伤的痕迹。我的继母发现一条蛇蜷在她桌子上睡着了，无法去抽屉拿钥匙打开储枪的箱子。另一次，一条蛇睡在大收音机上取暖，没人想毁掉家里唯一的音乐来源，因而只是留意观察，并未惊动它。

尽管大多数时候人们四处奔跑，恐惧和兴奋地叫喊，每个人都试图让别人安静下来，但我的父亲或继母却会全力开火，毫不顾忌后面有什么：一堵墙、好乌木、沙发或一个醒酒器。他俩一起至少杀了三十条蛇。

我父亲死后，一条灰色眼镜蛇爬进了房子。我继母给枪装上子弹，近距离直射。枪却卡住了。她退后一步，重新上膛，但这时蛇已经溜到花园里去了。在接下来的一个月里，这条蛇经常进屋，每次枪都会走火或卡住，要不就是我的继母在近距离内竟然脱靶。这条蛇不攻击任何人，而且喜欢追随我妹妹苏珊。其他进入屋内的蛇都被猎枪杀死，由长棍挑着丢进了灌木丛，但这条老灰眼镜蛇却过着无灾无祸的生活。最后，石山的一名老工人告诉我的继母，很明显，这是我父亲来保护他的家人。事实上，无论是因为养鸡场的倒闭，还是因为我父亲以蛇的形式出现，几乎再没有其他蛇进入房子了。

* * *

石山的最后的一件轶事发生在 1971 年，也就是农场出售前一年。1971 是叛乱年。数千名反政府的反叛分子来自各行各业，但基本上都是年轻人，年龄从十五岁到二十岁不等。他们是天真、坚定和无政府主义的奇怪混合物，用钉子和金属碎片自制炸弹，同时也为他们侧面带条纹的蓝裤子制服和网球鞋感到高兴和自豪。有些人以前从未穿过网球鞋。我的表姐茹尼和奇特拉塞纳舞蹈团一起住在安贝普萨的休息站里，当时五十名叛乱分子列队在路上行进，高呼"我们饿了，我们饿了"，洗劫了那里的食物，但没有碰任何人，因为他们都是舞蹈团的粉丝。

反叛分子组织得非常严密，人们普遍认为，如果不是有一个团体把日期搞混了，提前一天袭击了韦拉瓦亚的警察局，他们就会接管这个国家。本来是第二天，所有警察局、军营和电台会被同时袭击。有些成员隐藏在威尔帕图和亚拉的丛林保护区，靠射杀并吃掉野生动物存活。起义前一周，他们曾闯入当地政府办公室，查阅了档案，找到了该国每一件注册武器的位置。起义爆发后的第二天，一个二十人的团伙在凯加勒挨家挨户收集武器，最后上山来到了石山。

他们已经洗劫了好几所房子了，把所有东西都抢劫一空——食物、炊具、收音机和衣服。但这群十七岁的青年对我的继母和她的孩子却非常礼貌。显然几年前，我父亲把石山几英亩的土地捐给了一个游乐场，而这些叛乱分子中的许多人都跟他很熟。

他们索要家里的武器，无论什么都行，我的继母交出了那支臭名昭著的猎枪。他们查了档案，发现还一支步枪在册。结果是一支被错误分类的气枪。我十岁那年经常使用它，在齐脚踝深的稻田里射鸟，如果没有鸟，就射树上的果实。当所有这些公务在前廊进行时，其他叛乱分子扔下他们从凯加勒各处收集来的大量武器，说服我妹妹苏珊拿来一支球棒和一个网球。他们邀请她加入，开始在门前的草坪上打起了板球。他们玩了大半个下午。

蚀　羽

午餐对话

等等，等等！这一切是什么时候发生的，我得搞清楚……

你母亲那时九岁，希尔登在场，你的祖母拉蜡、大卫·格雷尼尔和他的妻子迪基也在场。

希尔登多大了？

哦，他二十出头。

可是希尔登正在与我妈妈和你一起吃饭啊。

是的，芭芭拉说。还有特雷弗·德·萨拉姆。希尔登、你妈妈和我都醉了。那是个婚礼午宴，我想是巴贝特的吧，我记不清所有那些婚礼了。我知道希尔登当时正和一群酒鬼混在一起，所以早就烂醉如泥了，我们都在嘲笑大卫·格雷尼尔溺水的事。

我一句话也没说。

还嘲笑拉蜡，因为拉蜡也差点淹死。你知道吗，她被卷入暗流，非但不搏斗，反而放松下来，顺流漂到海里去了，最后绕了个半圆才回来，自称游经了几艘船。

然后特雷弗就开始大发雷霆，要和希尔登决斗。他受不了大家都在笑，希尔登和多丽丝（你的母亲）喝醉了，他认为他俩在调情。

可这是为什么啊？你妈妈问特雷弗。

因为他在造你的谣……

瞎说，我喜欢谣言。所有人都在笑，特雷弗站在那里怒火中烧。

然后，芭芭拉说，我意识到特雷弗爱上了你母亲，你父亲总说有个秘密崇拜者的。特雷弗受不了希尔登和她在自己面前如此开心。

瞎说，你母亲说。那不就乱伦了。况且（她看着希尔登和特雷弗，注意到餐桌上的听众都入了迷），这两个人都是冲着我的养老金来的。

真正发生的是，希尔登说，我在沙地上绕多丽丝画线。一个圆圈。威胁她说："胆敢走出那个圈子，我就揍扁你。"

等等，等等，这是什么时候发生的？

那年你妈妈九岁，希尔登说，大卫·格雷尼尔在尼甘博附近的海里溺水了，我不想让她跑开。

你爱上了一个九岁的孩子？

希尔登和特雷弗都没有爱上过我们的母亲，吉莉安小声对我说。人们在婚礼上总是这样，以多愁善感的方式回忆过去，假装有着惊天的隐情不为人知……

不，不，不，特雷弗那时爱上你妈妈了。

开玩笑！

我二十多岁，希尔登插话道，你妈妈九岁。我只是不想让她在我们营救大卫·格雷尼尔时跑到水里去。迪基，他的妻子晕倒了。拉蜡——你母亲的母亲——被水流卷到海上去了，岸边有我和特雷弗。

特雷弗也在那里，你看。

希尔登是谁？托利问道。

我是希尔登……你的东道主！

哦。

无论如何，你们似乎在讲三个不同的故事。

不，是一个，大家都笑着说。

一个是你妈妈九岁的时候。然后是她六十五岁的时候，在婚礼午宴上喝酒。很明显，沉默的特雷弗经历了一段单恋时光，他从未示爱，但总是和任何他认为侮辱你母亲的人干仗。即使事实上，她只是和他们寻开心，像她六十五岁那年和希尔登那样。

天哪，我和他俩一直在一起。芭芭拉说，而且我还嫁给了希尔登。

那么我外祖母在哪儿？

她还在海上，而希尔登正戏剧性地在你妈妈周围画了一个圆圈，并说："你胆敢出去！"你妈妈看着大卫·格雷尼尔溺水身亡。格雷尼尔的妻子——她还将再结三次婚，包括和一个疯掉了的男人——躺在沙滩上晕了过去。你妈妈不时能看到她妈妈在海浪中起伏的脑袋。希尔登和特雷弗正试图捞回大卫·格雷尼尔的尸体，万分小心，以免自己被卷入暗流中。

我妈妈九岁。

你妈妈九岁，这事发生在尼甘博。

好吧。

于是，一个小时后，我外祖母拉蜡回来了，给大家讲她在那里经过船只的事，他们告诉她大卫·格雷尼尔死了。没有人愿意把这个消息告诉他的妻子迪基。没有人能做到。拉蜡说，好吧，她会的，因为迪基是她的妹妹。她跑去和迪基坐在一起，迪基还在沙滩上昏迷不醒，拉蜡穿着她精制的泳衣，握着她的手。别吓着她，特雷弗说，无论如何，要缓缓告诉她。我祖母挥手赶走了他，和妹妹单独坐了十五分钟，等她醒来。她不知道该说什么，也突然很累。她讨厌伤害任何人。

两个男人，希尔登和特雷弗，将和她的女儿，我的母亲，沿着海滩走大约一百码远，保持距离，等他们看到迪基坐起来，再慢慢走回迪基和我外祖母身边，表达他们的同情。

迪基动了动，拉蜡拉着她的手。她抬起头来，第一句话就是："大卫怎么样？他还好吗？""很好，亲爱的，"拉蜡说，"他在隔壁房间喝茶呢。"

七姑八姨

她们对我的作用是这样的……她们将故事编织在一起，每一段回忆都是纱笼中一根激荡人心的线头。她们带我穿过她们黑暗的房间，房间里堆满了各种各样的家具——柚木的、藤条的、菖蒲的、竹子的——她们的声音在茶、香烟上低语。她们的手臂像鹳鸟伸开的脚掌在桌子上移动，瘦骨嶙峋的长胳膊分散了我对故事的注意力。我很愿意将这些都拍照下来。那上臂纤细的肌肉，那腕上几乎和低调手镯融为一体的骨骼和静脉，这一切都消失在了明亮的纱丽或褪色印花棉布的河流中。

多莉表姨身高五英尺，体重七十磅。从十五岁起她就一直没停过抽烟，八十岁的大脑像火花塞一样迸溅着，点燃了这年或那年的生命。她总是重复你问题的最后三个字，自己再惊人地折转话锋。这座大房子的两翼现在已经颓败瓦解成了花园和灌木，她在其中像郝薇香小姐[1]一样虚弱地移动着。从外面看，这房子似乎已无法使用。我从框着她的窗户爬进去，她迎向我说："真没想到能再见到你。"于是突然间，只是为了能搂住这个把手杖扔到桌子上来拥抱我的瘦弱女人，所有这些旅行都变得值得。

她和她哥哥亚瑟是我父亲毕生的密友。他知道，不管他做了什么，亚瑟都会来好言相劝，帮他脱离疯狂、软弱

---

1 英国小说家狄更斯《远大前程》中未等到新郎的老处女。

和孤独。他们把戏剧介绍给了我们这一代的大多数孩子，让我们穿上多莉自己制作的《天皇》《仲夏夜之梦》的服装。尽管她的家人并不风流倜傥，却会保护任何卷入激情的人。"我们周围尽是风流韵事，甚至在孩提时就是如此……所以我们训练有素。"

今天是多莉耳背的日子，但谈话却因重逢充满了纯粹的喜悦。"哦，你在博拉莱斯加穆瓦的时候我还照顾过你好几次呢，记得吗？""是的，是的。""什么？""记得。"虚弱并没有阻止她讲故事，尽管她时不时会停下来说："天哪，如果你引用我的话，我就死定了。我会因诽谤罪被抓，然后被杀……你知道她们都喜欢调情，所有的妻子都与男友在肉桂园幽会，她们去那地方调情，然后会来这里，拿我们当托辞。比如说，你的外祖母拉蜡就有很多韵事。我们永远跟不上她的进度，几乎得把名字写下来才能记住她在和谁来往。你看，我的忠告是，无论谁做了什么，我们都要与他和睦相处。"

谈话不断被一个躺在天花板底下的男人打断，他在往屋顶上钉钉子，以期它能再多撑几年。外面聒噪的鸡声填补了多莉话语之间的空白。她在烟雾中眯着眼睛："真希望我能好好看看你，可是这星期我的眼镜送去修理了。"

我起身告辞，她半聋半瞎地陪我一起穿过客厅搁着油漆站着工人的几架梯子，步入花园。花园里有一匹野马，一辆1930年的汽车展展地趴在车轴上，还有数百株开花的灌木。她的目光游弋在这深绿色和模糊的紫色之中。现在几乎没有什么东西能把房子和花园隔开了，雨水、藤蔓和鸡都迁进了室内。我离开之前，她指了指一张化装舞会的合影，人群中有她和我外祖母拉蜡。她凝视这张照片多年，如此便记住了照片中每个人的位置。她一口气说出了一大串名字，嘲笑着那些她再也看不清的面部表情。这张照片已经可触可感地进入到她的大脑中，一如回忆侵入老人的当下、花园侵入这所房子，一如她娇小的身子以我所知悉的亲密步入我的身躯，叫我在拥抱中不得不强迫自己温柔地对待这种脆弱。

拉蜡的激情

我的外祖母死在了蓝花楹树的蓝色臂弯里。她能读懂雷声。

她声称自己是在户外野餐时突然出生的，尽管没什么证据能证明这一点。她的父亲——一个来自性格克制的凯茨家族的人，把谨慎抛到了脑后，娶了一位迪克曼，一个被视为古怪的血统（其中一个迪克曼她自焚了），关于这个家族的谣言被低声地传遍了科伦坡。"和迪克曼联姻的人都很害怕。"

没有拉蜡成长的记录。对于多年后才从沉寂中神奇地破茧而出的那些人来说，她也许是一个害羞的孩子。二十岁时，她住在科伦坡，尝试着与谢尔顿·德·萨拉姆订了婚。那是一个非常英俊、非常自私的男人。他渴望过优渥的生活，因此当弗里达·唐霍斯特从英国"带着浅薄的英式派头和唐霍斯特支票簿"回来时，他立即与她结了婚。拉蜡的心都碎了。她大发雷霆，扑在亲戚家的床上，又捶又打，在沮丧之际迅速嫁给了威利·格雷蒂安——一个板球冠军。

威利也是一名经纪人，是第一批为英国 E. 约翰公司工作的锡兰人之一，为他们带来了大部分本地的业务。这对已婚夫妇在科伦坡市中心买了一栋名为"棕榈小屋"的大房子，在这房子附带的三英亩土地上，开了一家奶牛场。这是威利第二次尝试养殖。由于喜欢鸡蛋，他老早就准备从澳大利亚进口一种黑鸡来饲养。他花了大价钱用船把珍贵的澳洲黑鸡蛋运过来，准备孵化，但拉蜡在准备一个晚宴聚会时不小心把它们都煮了。

威利开始经营奶牛场后不久，就患上了重病。拉蜡不知如何是好，跑到邻居家里，边捶打他们的床，边承诺如果威利康复，她就信天主教。但他没有康复，留下拉蜡一个人抚养他们的两个孩子。

她当时还不到三十岁，在接下来的几年里，她最亲密的朋友是她的邻居蕾妮·德·萨拉姆，也经营一家奶牛场。蕾妮的丈夫不喜欢拉蜡，也不喜欢妻子的鸡。每天拉蜡和鸡群都会在天亮前把他吵醒，尤其是拉蜡，她给挤奶工派活时，响亮的笑声就会穿透花园传过来。一天早上，蕾妮在一片寂静中醒来，走进花园，发现丈夫用细绳或橡皮筋绑住了所有鸡的嘴。她表示抗议，但拗不过他，很快就看到他们的鸡上演了一场死亡之舞，在疲惫和饥饿中死去，只有少数沿着内花小路逃走了。有些被愤怒的拉蜡截获，用她宽大棕色连衣裙的下摆兜着带回棕榈小屋，烹饪了。一年后，蕾妮的丈夫完全不说话了，从他的住处只能听到狗吠声，然后是鸡的咯咯声。据信他被某人施了魔法。连续几个星期，他咯咯叫、汪汪叫、叽叽喳喳叫，把羽毛枕头撕成暴风雪状，用手挠昂贵的拼花地板，从一楼窗户跳到草坪上。他开枪自杀后，留下三十二岁的蕾妮来抚养他们的孩子。于是，蕾妮和拉蜡两人在多年奢华的生活后，都迎来了艰难的时刻——得依靠自己的智慧、性格和美貌生存。这两位寡妇成了许多百无聊赖的丈夫关注的焦点。她俩都没有再结婚。

她俩每人有三十五头牛。挤奶从早上四点半开始，六点时挤奶员便骑上自行车到处为顾客送鲜奶了。必要时，拉蜡和蕾妮会自行执法。有次她们的一头奶牛染上了牛瘟——一种会让政府官员关闭奶牛场数月的疾病——蕾妮用杀死她丈夫的军用手枪，亲自将牛击毙。在拉蜡的帮助下，把它烧掉，埋在了她的花园里。那天早上，牛奶照常送出，数辆自行车上，锡罐碰着车把叮当作响。

当时拉蜡的挤奶工大把式是布鲁姆菲，有个叫麦凯的苏格兰人调戏女仆，被布鲁菲用刀刺死了。警察赶到时，拉蜡把他藏在她的一个棚子里，当警察第二次来时，她把布鲁姆菲交给了一个叫莉莉安·贝文的邻居。出于某种原因，贝文夫人赞同拉蜡所做的一切。拉蜡冲进来，把布鲁姆菲藏在床下时，她正卧病在床。床罩上宽大的蕾丝边一直垂到了地板上。拉蜡解释说只是一桩轻罪；当警察来到贝文家，生动详细地描述这起凶残的刺杀事件时，莉莉安吓坏了，因为凶手离她只有几英尺远。但她永远不会让拉蜡失望的，所以保持了沉默。警察在家里守望了两天，莉莉安尽职尽责地把饭菜分成两半，将一半递到床底下。"亲爱的，我为你感到骄傲！"当拉蜡最终把布鲁姆菲偷偷带到另一个地方时，她说。

然而，法庭举行了听证会，由拉蜡颇喜欢的桥牌搭档、法官 E.W. 贾亚瓦德内主持。当被传呼作证时，拉蜡开口闭口称他为"我的主我的神。"E.W. 可能是当时锡兰最丑的男人之一。他问拉蜡布鲁姆菲是否英俊——试图幽默地暗示她保护他的动机——她回答说："长得好看？这谁说得准啊，我的主我的神，有些人可能会觉得您长得好看呢。"听众席哄堂大笑，起立鼓掌，她被轰出了法庭。这段对话至今保留在布勒路法院博物馆的司法记录中。不管怎样，她继续和 E.W. 贾亚瓦德内打桥牌，他们的儿子也依然是亲密的朋友。

　　除了偶尔出庭（有时是为了看其他朋友作证），拉蜡的日程是精心安排好的。她四点和挤奶工一起起床，监督奶牛场，照料记账，在上午九点前把事务处理完，剩下的时间就开始闲逛了——社交拜会、午餐派对、崇拜者的造访及桥牌。她还带大了自己的两个孩子。正是在棕榈小屋的花园里，我母亲和多萝西·克莱门蒂-史密斯常常在牛群的包围中练习她们的舞蹈。

＊　＊　＊

　　多年来，棕榈小屋吸引着一个固定的群体——看着他们从儿童长成青少年，长成年轻人。在拉蜡一生的大部分时间里，孩子们都逐之若鹜，因为她是最随意、最不负责的陪护，忙于自己的生活，无法顾全他们。棕榈小屋后面是一片稻田，将她的房子与丹尼尔斯夫妇居住的"罗伊登"隔开。当有抱怨说成群的孩子满脚是泥闯进罗伊登时，拉蜡买了十双高跷，教他们踩着这些"博鲁卡库尔"或"假腿"穿越稻田。忙着打桥牌时，拉蜡什么都会答应，于是他们知道什么时候去请求做最离谱的事情。每个孩子都必须成为这个群体的一部分。她特别反对孩子们在星期六被送去额外补习，并会租一辆华莱士马车去寻找像佩吉·佩里斯这样的孩子。中午时分，她冲进学校，大喊"佩吉!!!"，穿着长长的、四边松散的黑色衣服，像一只拖着尾巴的公鸡，呼啦啦地跑过走廊。佩吉的朋友们会趴在栏杆上说："瞧啊，瞧啊，你疯姨妈来了。"

· 086 ·

随着年龄的增长，这些孩子发现拉蜡并没有什么钱。她带着一帮一帮的人出去吃饭，因为没有付清之前的账单而被拒之门外。尽管永远无法确定能否吃到什么，但大家还是跟着她去了，成年人也不例外。在她举办的一次盛大的晚宴上，她邀请非常害羞的莱昂内尔·温特切肉。一口大锅摆在他的面前。他揭开锅盖时，一只山羊羔跳了出来窜下桌子。拉蜡那天早上对买了只羊羔、找个足够大的锅这个笑话太投入了，以至于忘掉了真正的晚餐，于是震惊和笑声过后，大家什么也没吃到。

早年间，她的两个孩子诺埃尔和多丽丝，动不动就被拉蜡用作她日常好戏的一部分。她不断为我母亲制作出各种服装，让她穿上去参加当时非常流行的化装舞会。因为拉蜡，我母亲当时连续三年赢得了所有化装舞会的服装比赛。拉蜡喜欢以动物或海洋生物为题材，她最高的成就是我母亲以龙虾的形象出现在加勒菲斯舞会上。这套服装是鲜红色的，上面布满了甲壳和螯钳，从她的肩胛长出，似乎自己会动。问题是，她整个晚上都无法坐下来，只能僵硬地和不同男伴一起走来走去或跳华尔兹舞。尽管这些男友都尊重服装背后的想象力，却发现难以接近她曼妙的身段。谁知道呢，这可能是拉蜡的别有用心吧。多年来，我母亲总是远远地被人崇拜。在舞池中，她以动物或虾蟹美人形象脱颖而出，但螯钳和鼓胀的毛毛虫往往会让追求者打消调情的念头。当情侣们成双捉对地沿着加勒菲斯绿地在月光下漫步时，被人看到陪护着一只龙虾毕竟会很尴尬。

当我母亲最终宣布与我父亲订婚时，拉蜡转向朋友说：

"亲爱的，你怎么看，她要嫁给一个翁达杰……她要嫁给泰米尔人！"多年后，当我给母亲寄去第一本诗集时，她在门口遇上我姐姐，脸上露出震惊的表情，用了完全相同的语气和措辞说："你怎么看，珍妮特？"（她双手捧住脸颊以强调这事的悲剧性）"迈克尔已经成为一名诗人了！"拉蜡不断强调我父亲背景中的泰米尔元素，这让他很高兴。婚礼上，她让人将两把婚椅装饰成印度教的风格，并在整个仪式上大笑。而这件事只是她与我父亲战争的开始。

和古怪的人一起生活恐怕是最难受的了。比如我母亲，就奇异地从未跟我谈起过拉蜡。那些见到她像暴风雨一样从远方赶来的人最热爱拉蜡了。她确实很喜欢孩子，或者至少喜欢各种各样的陪伴——奶牛、成人、婴儿、狗。她总需要被拥戴，但被任何人"攫取"或"遏制"都让她发疯。她关爱儿童，却避免把孩子们抱在膝上。带孙儿们出去散步时，她无法忍受他们握住自己的手，会很快将他们引到努沃勒埃利耶公园可怕的迷宫入口，丢下他们独自在那里迷失方向，而她则跑去偷花了。对于自己的身体她总是很自私。六十多岁时，她仍然会抱怨出去跳舞前自己曾如何"被困住"给儿子喂奶的。

* * *

随着孩子们长大独立，拉蜡开始忙兄弟姐妹的事情。"迪基"似乎一直在结婚；大卫·格雷尼尔淹死后，她先后嫁给了一个德沃斯、一个沃贝克，然后是一个英国人。拉蜡的弟弟维尔本打算单身一辈子，可有一阵拉蜡迷上天主教，认定维尔应该娶她神甫的妹妹，一个本来打算成为修女的人。这位女教友还有三万卢比的嫁妆，当时拉蜡和维尔都很缺钱，因为两人都喜欢狂饮昂贵的酒。尽管这女人其貌不扬，而维尔喜欢漂亮女人，拉蜡还是策划了这场婚姻。新婚之夜，新娘在床边祈祷了半小时，然后唱起一首首赞美诗，于是维尔离开了，放弃了新婚之乐。余生中，这个可怜的女人在门上挂了一块牌子，上面写着"无人爱怜。无人爱怜。无人爱怜。"接下来的那周，拉蜡吃了一顿大餐后赶去参加弥撒，被拒之门外，她说"那我洗手不干了"，终生避开了教堂。

我祖父辈的许多亲戚似乎都让神职人员吃尽了两性关系之苦。迷恋我某些姑姑阿姨的意大利僧侣们返回意大利，脱去僧袍，回来却发现她们已经结婚。耶稣会的神父们也总是脱离教堂，毫无例外地爱上德·萨拉姆家族的女人，就像旱季的芒果有规律地掉到干燥的草坪上一样。维尔也成为试图拯救他的各种宗教团体的关注点。在生命的最后几个月，他被加勒的一群罗马天主教修女"囚禁"，以至于在宣布他死亡之前没有人知道他在哪里。

维尔被称为"甜蜜的酒鬼"，他和拉蜡总是一起喝酒。当拉蜡变得放肆快活时，维尔变得极有礼貌。喝酒对他是有危险的，因为在酒精的影响下他认为自己可以逃避万有引力，总是想把帽子挂在没有钩子的墙上并跨出小船走着回家。但除了这几次极端情况外，喝酒能使他安静下来。他的密友、律师考克斯·斯普劳勒则是另一回事。考克斯清醒时很迷人，酒醉时很聪明。他会出现在法庭上，跌跌撞撞绊倒椅子，头脑却格外清醒，当着法官的面打赢一场又一场官司，而这法官早上还恳求他不要在这种情况下出庭。他讨厌英国人。与考克斯不同，维尔没有发挥他天赋的职业。他确曾试图成为一名拍卖师，但由于害羞和酗酒，失败了。他唯一有过的工作就是在战争期间看管意大利囚犯。每周一次，他会骑着摩托车去科伦坡，为朋友和姐姐带去尽可能多的酒。他鼓励囚犯建啤酒厂，以便战俘营的每一间小屋都有槽坊。战争期间，他和囚犯们大部分时间都是醉醺醺的。就连考克斯·斯普劳勒也加入了他，因为帮助三名德国间谍逃离该国，他被判入狱六个月。

没有人了解拉蜡的另一个兄弟埃文的情况。但一生中每当孩子们寄钱给她时，拉蜡就会立即把钱转给埃文。据说他是个小偷，而拉蜡爱他。"耶稣是为了拯救罪人而死的，"她说，"我会为埃文而死。"埃文设法逃脱了家族的记忆，只是偶尔出现，带着他所有不合法的孩子，为任何竞选公职的朋友带来大把的选票。

* * *

三十年代中期，拉蜡和蕾妮的奶牛场被牛瘟毁掉了。两人都开始酗酒，都一贫如洗。

我们现在进入了对拉蜡记忆最丰富的阶段。她的孩子都结了婚，独立生活了。她以往大部分的社交生活都在棕榈小屋，现在却不得不把房子卖掉，像一个失去所有财产的古代君主一样，开始在全国各地和朋友之间随意走动。她自由地搬往任何她想去的地方，做任何她想做的事，竭尽全力地利用所有人，在全国四处建立基地。她组织的派对和桥牌比赛都过于盛大，无论喝醉与否都"激情"满满。她一直喜欢花，但在最后的十年里，却懒得种植它们。尽管如此，她每次造访时都会带着一大捧鲜花，宣布说："亲爱的，我刚去了教堂，偷了些花给你。这些是阿贝塞卡尔夫人的，百合花是拉特纳亚克夫人家的，百子莲来自维奥莱特·米德尼亚家，其余的都是你家花园里的。"她控制不住自己偷花，即使当着主人的面也如此。和别人说话时，她闲不住的左手会连根拔起一朵极品玫瑰，以便当下欣赏它，满怀喜悦地凝视它，吞下它的全部品质，然后她把花递还给主人，不要了。她蹂躏了科伦坡和努沃勒埃利耶一些最好的花园。有好几年，哈加勒公共花园都拒绝她入内。

财产就是要拿走或送人的。富有时，她曾为附近所有的贫困儿童举办聚会，分发礼物，穷了依然如此，不过她现在会在聚会的那天早晨去佩塔市场偷玩具。她一生都在把自己拥有的东西送给任何想要的人，所以现在也随心所欲地拿走她想要的一切。她是一个诗情洋溢的社会主义者。在生命最后几年里她无家可归，会在周末甚至连续几周逛荡到别人家里住下，和挚友们打桥牌时作弊，称他们为"该死的小偷""讨厌的无赖"。她打牌只为了钱，如果碰到难局，她就会扔下手中的牌，和其余的合到一起，宣布"剩下的墩数都是我的"。大家都知道她在撒谎，但这没关系。在很小的时候，有一次我哥哥和两个姐姐在门廊上玩"以邻为壑"的游戏，拉蜡过来观看，在他们身边走来走去，似乎很恼火。十分钟后，她再也受不了了，打开钱包，给他们每人两卢比，说："永远，永远不要为爱打牌。"

她当时正值壮年，战争期间和老烟鬼穆里尔·波特格一起在努沃勒埃利耶开了一家寄宿公寓。穆里尔·波特格干了所有的活，而拉蜡则在房间里逛来逛去说："穆里尔，看在上帝的分上，我们在这儿无法呼吸！"与其说是帮手，不如说是麻烦。如果要出去，她会说"我去梳洗一下"，然后就躲进自己的房间里喝上一杯烈酒。要是没有烈酒就迅速喝一大口古龙水，让自己清醒过来。她拒绝失去朋友，一生中的旧情不断回来看她，甚至第一任男友谢尔顿·德·萨拉姆也会在早餐后赶来陪她散步。他不幸的妻子弗里达总会先给拉蜡打电话，然后在大多数的下午驾着她的双轮轻便马车在肉桂园或公园里寻找他们。

拉蜡的名气很大，因为她是锡兰第一位做乳房切除术的女性。结果证明手术是没有必要的。但她总是声称支持现代科学，献身于新的事业（即使死后，她的慷慨也超过了自身的可能，因为她将遗体捐赠给了六家医院）。她是个精力充沛的人，而假乳房总是动来动去，爬过去和它的双胞胎在右边会合，有时还会出现在她的背上，"想要跳舞"，她笑嘻嘻地说，称其为"我流浪的犹太人"，并会在正式的晚宴上对孙子们大喊大叫，让他们去拿她忘戴了的奶头。她不断地把这个玩意落在对它感到困惑的仆人和那只狗钦迪特那儿，结果发现狗像啃嫩鸡肉一样啃着里面的泡沫。她一生有过四个乳房。一个是暴雨后她在哈加勒花园的树枝上晾晒时弄丢的，另一个是她坐在维尔的摩托车后面时飞出去的，第三个丢得非常神秘，几乎有些尴尬，尽管拉蜡从未感到尴尬过。大多数人认为，这东西可能是她在亭可马里与一位也许在内阁任职的男子浪漫约会后丢失的。

* * *

吉卜林说，孩子们并不比动物更爱开口。当拉蜡于家长日在主教大学女子学校的灌木丛中小便时——或者是她在努沃勒埃利耶双腿叉开直接站着撒尿时——我的姐姐们都感到非常尴尬和羞愧，以至于十五年来互相之间从不承认或提起此事。拉蜡的儿子诺埃尔最无法忍受她，而她仍为他的成功感到无比自豪。我的表姨内德拉回忆说，她看见拉蜡坐在鱼市中的一袋大米上，与围着她的工人和渔民一如既往地聊大天，指着《每日新闻》中一张戴假发的法官照片，用僧伽罗语说，这就是她的儿子。但拉蜡绝不可能只是一个母亲；母性似乎只是她变色龙天性中的一块肌肉，她需要对太多其他的东西做出反应。我不知道我母亲和她是什么关系，也许她们太相似了，甚至都没有意识到有什么问题。她们都有着巨大的同情心，不知报复也不斤斤计较，都会为最稀松平常的笑话大呼小叫，笑得喘不过气来，也都能让生活随时随地充满戏剧性。拉蜡一直是她所经过的世界的中心。她年轻时很漂亮，在丈夫去世和孩子长大后，她最自由。对于某种神圣的权利，哪怕得去乞讨或偷窃，她也觉得自己和别人都拥有它。这朵霸道的魅力之花。

* * *

在生命的最后几年里，她一直寻找着壮阔的死亡。她没能在树叶底下找到那条獠牙耳语般划过人脚踝的巨蛇。整整一代人在她的身边衰老或死亡。一个个总理从马上摔下，水母滑进了著名游泳健将的喉咙。四十年代，她同这个国家的其他人一起走上独立，走下二十世纪。她的自由在加速，她仍然举起胳膊拦下陌生的汽车带她去佩塔市场，在那里和朋友交换八卦，在"投机商行"下注。她随身携带着所需的一切，有一次一个朋友去火车站接她，拉蜡把一条对折起来带在手提包里的大的鱼拿出来作为礼物，让朋友大吃一惊。

她可以像蛇或花一样沉默。她喜欢国王般跟她说话的雷声，仿佛她性情温和的丈夫故后拿到了大自然的扩音器，变成了宇宙裁判员。天嚣和陡闪会告诉她事业的细节、偶发的智慧，让她去冒一切风险，因为雷声会和闪电蛇一起警告她的。她会停下车，戴着帽子在马哈维里的湍流中平静地游泳。她会从河里走上来，在太阳下晾晒五分钟，然后在同伴们震惊的目光中爬回车里，将巨大手提包再次搁在她的腿上。包里放着四副扑克，也许还有一条鱼。

1947 年 8 月，她得到了一笔小额遗产，打电话给弟弟维尔，他们骑着他的摩托车去了努沃勒埃利耶。当时她六十八岁，这将是她生命中最后的几天。她在战争期间经营过的寄宿公寓现在空着，于是他们买了食物和酒，搬到里面去玩"阿朱塔"——一种通常起码需要八个小时的纸牌游戏。这游戏是葡萄牙人在十五世纪教给僧伽罗人的，以便他们入侵该国时僧伽罗人能保持安静，无暇他顾。拉蜡打开一瓶瓶罗克兰牌杜松子酒（这种酒正在毁掉她的女婿），维尔则做了从战俘那里学来的意大利饭菜。早年在努沃勒埃利耶的时候，拉蜡会一大早起床穿过公园——那个时辰公园里只有修女和猴子——去高尔夫球场周围散步，那里园丁们正抬着巨蟒般沉重的软管，踉踉跄跄地浇灌着果岭。可是现在她会直睡到中午，傍晚时分才骑在维尔摩托车后面，双臂张开像个十字架，来到月亮平原。

月亮平原。淹没在蓝色和金色的花朵之中，花朵被风拉扯着，斜倾数英里，靠在海拔五千英尺的山丘上，她从未费心了解过这些花的名字。他们看着太阳退下，月亮突然上到半空，那些可爱的意外月亮——像喇叭、圣杯、拇指甲盖——然后他们会爬上摩托车，这六十岁的弟弟和六十八岁的姐姐，她永远是他最好的朋友。

1947 年 8 月 13 日，他们骑摩托回来，听到狂野的雷声，她知道有人要死了，但死亡不会在那里披露出来。她凝视着、谛听着，然而罹难者抑或抛物线的终点似乎都不在自己之外。离房子还剩一英里的时候下起了暴雨，他们跑进室内喝酒，打发晚上剩余的时光。第二天，雨还在下，她拒绝了维尔骑车带她的提议，因为她知道死亡将至。"不能毁坏这完美的身体，维尔，否则警察会花几个小时来寻找我的乳房，认为它在车祸中丢失了。"于是他们喝着酒玩起了两人阿朱塔游戏。但是现在她根本睡不着，他们从未像今天这样聊起过丈夫、情人以及他各种可能的婚姻。她没有向维尔提起她对雷声的解读，维尔现在几乎已在蓝鸟印花沙发上昏睡过去了。但她没法像他那样闭目酣睡。1947 年 8 月 15 日凌晨五点，她想呼吸一下新鲜空气，散散步，步行去月亮平原，没有摩托车，没有危险。于是她迈向几近黎明的暗夜，踏入了洪水。

两天两夜以来，他们对家门外遭破坏的程度一无所知。那年雨水重创了整个国家。拉特马拉那、本托塔、奇洛、阿努拉德普勒都淹在了水下。四十英尺高的佩雷德尼亚桥被冲毁。在努沃勒埃利耶，戈尔韦斯陆地鸟类保护区和高尔夫球场都在水下十英尺处。湖里的蛇和鱼游进高尔夫俱乐部的窗户，跑入酒吧和室内羽毛球场的四周。一星期后洪水退去，人们发现鱼挂在羽毛球网上。拉蜡在前廊只迈了一步，就立即被一股急流拽走了，她的手提包猛然爆开。被洪水抛向山下的时候，她依旧感到怡悦迷醉，两百零八张纸牌像一个不安的巢穴在她前面移动。在好牧人修道院的栏杆上，她被绊住了一会儿，然后又被推向了努沃勒埃利耶镇。

这是她最后一次完美的旅行。街上的新河把她推向公交车站，一路经过跑马赛道和公园。天光慢慢变亮时，她被快速地旋转着，与树枝和树叶一起"漂游"（仍一如既往地坚信还能活下来）。黎明开始照亮华丽的树木时，她像一根黑木头一样滑过它们，失去了鞋子，丢掉了假乳房。她如鱼儿一般自由，是多年来旅行最快的一次，和维尔的摩托车一样快，只是现在被咆哮声包围着。她超过了在水上连游带蹿的耶稣蜥蜴。包围着她的是疲惫不堪、淹得半死、嘎嘎大叫的绶带鸟，还有蛙嘴夜鹰、被迫保持着清醒的欧夜鹰、鹰鹃及其浑身讨厌的斑纹，以及蛇鹰和钩嘴鹛。它们在拉蜡四周盘旋，想落在她身上，因为除了移动之物外无处可栖。

这移动之物就是汹涌的洪水。在公园里，她从冷杉迷宫错综复杂的树篱上漂过——这些树篱总能吓到她的孙儿们——它的秘密犹如一副骷髅架一样对她赤裸裸地展开了。对称的花坛也开始染上白昼的光芒，拉蜡惊奇地低头凝视它们，懒洋洋地漂移着，就像那条长长的黑色围巾，从她的脖子上拖下来，撩拨着树枝，却不抓住它们。她总要穿戴丝绸，并向我们，她的孙儿们展示，如何将丝巾像液体一样从她取下手指的戒指中穿过，懒洋洋地穿过。她现在就这样漂移着，以新发现的角度审视着她最喜欢的树木，那些蒲桃树和南洋杉松。她漂过公园现在毫无用处的铁门，穿过努沃勒埃利耶全镇及其商店和摊位，这些她曾讨价还价购买番石榴的地方，现在都在水下六英尺处，窗户被雨水集结起来的重量挤得粉碎。

漂移减缓了，她试图抓住什么。一辆自行车撞到了她的膝盖，她看到了一具人的尸体，开始发现镇上淹死的狗，还有牛。看到屋顶上有男人在打斗抢劫。山间黎明忽至，显露出他们甚至没有留意她神奇的旅行，这让她几乎有些吃惊。酒精还在她身上发挥着作用——她宁静而放松。

在努沃勒埃利耶的主街下方，地势陡降，拉蜡掉入更深的水域，行经"克兰利"和"弗恩克利夫"的宅邸，她所熟悉的人家，曾在那里打牌争吵。水越来越汹涌，她沉下去的时间越来越长，浮上来大喘口气，又被鱼饵似的拽下去，被不再舒服的什么东西拉入水下，然后她的面前是一大片蓝色，像一捆蓝色的麦子，像一只窥视着她的巨眼，她撞上它，死了。

浪　子

港　口

　　我是坐飞机抵达的，却喜欢海港。黄昏。一艘艘船上点亮的灯光、月亮舷窗、拖轮蓝色的滑行，还有海港路及其船舶供给商、肥皂制造商、以及自行车上的冰块和隐藏在填海街粉红色土墙后面的匿名理发店。

　　一段往昔脆弱的记忆被勾起——黄昏，去港口向姐姐或母亲道别。多年来，我一直很喜欢《海港灯火》这支曲子，后来我十几岁时笨手笨脚地和女孩们跳舞，边跳边哼《心碎之海》。

　　港口没什么高明的，却是真实的生活。它像新加坡盒式磁带一样真挚。无边无际的海水与防波堤这边遇难船只的漂浮残骸共存，豪华邮轮和马尔代夫渔船冒着蒸气远航，抹去大海的平静。我在跟谁道别？和我姐夫（港口引航员）一起乘拖船航行时，我脱口唱出"港口的灯火不为我而闪烁……"然而，我喜欢这里，匿名潜入夜晚慵懒的商业活动中，我的外甥女们在防波堤上跳舞等候。夜晚浓郁的空气沁人肺腑，它迟钝地镂刻着我的大脑，只用这份匿名、用这些神奇的词汇来清洗自己：**港口、遗落之舰、船舶供给商、河口**。

季风笔记（二）

窗户上的栅栏不太起作用。黄昏时分，当蝙蝠涌入房子时，那些美丽的长发女孩便会冲到房间的角落，把头藏在衣裙里。两分钟内，蝙蝠会突然像黑暗的空军中队一样在房子里飘移而过，画着弧线越过未清理的餐桌进入大厅，再沿着阳台飞出。父母们都坐在阳台上，试图通过短波收音机从BBC获得板球比赛的得分情况。

野生动物都是这样闯入或爬进房屋的。蛇要么从浴室的下水道进来，寻找残留的水，要么发现门廊的门敞开着，就像国王一样进来，直线穿过客厅、餐厅、厨房和仆人宿舍，然后从后面出去，仿佛在走一条最文明的捷径，去到镇上的另一条街道。其他动物则搬进来就没想离开：鸟儿在风扇上筑巢，蠹鱼潜入皮箱和相册中，在肖像照和婚纱照中一路狼吞虎咽。多少家庭生活的影像被它们细小的嘴巴吞噬，进入到并不比它们吃掉的页面更厚的身体里。

房间和门廊的周围也是动物，其声音永远萦绕在你耳边。造访丛林期间，凌晨三点睡在阳台上，受惊扰的孔雀会突然使夜晚热闹起来，某只栖息在树上的孔雀随便一动，便惊醒了大家，忙乱声四起，听起来就好像满树都是猫。它们就这样高声哀泣到深夜。

一天晚上，我把录音机放在了床边，又被它们从沉睡中唤醒时，不假思索地按下开关将其记录下来。此时此地，是加拿大的二月，我在厨房里写这些东西，播放那段磁带，听到的不止是孔雀，还有后面夜晚所有的声音——当时听不见，因为它们像呼吸一样一直在那里。在这个寂静的房间里（也有它本身不会被听到的冰箱和荧光灯的嗡嗡声），就能听见像河流一样响亮的蛙声、咕咕声和其他鸟儿急促或倦怠的鸣叫声。但在那个夜晚，它们在孔雀声后微不足道，没有被大脑察觉——那些吵闹可爱的小家伙，当时只不过是黑暗而已。

如何给我洗澡

我们吃着正式的晚餐：米线团、咖喱肉、鸡蛋杂碎浇头、油炸脆饼、咖喱土豆。还有爱丽丝的枣子酸辣酱、甜辣渍洋葱、辣炒羽衣甘蓝碎和冰水。所有的菜肴都摆在桌上，用餐的时间大部分花在了互相传菜上。这是我最爱吃的饭——只要有米线团和鸡蛋杂碎浇头，我就会胃口大开，狼吞虎咽。甜点是水牛凝乳和椰子糖酱——一种用椰子做的甜汁，像枫糖浆，但有烟熏味。

在这正式的场合，吉莉安开始向在场的人描述如何给五岁时的我洗澡，故事细节是她从亚斯敏·古内拉特内那里听说的，亚斯敏·古内拉特内是她在主教大学女子学校时的级长。我专心听着，同时确保拿到一大份鸡蛋杂碎浇头。

我上的第一所学校是科伦坡的一所女子学校，有几年此校也招收五六岁的男孩。负责我们清洁卫生的护士或"阿嬷"是一个身材矮小、肌肉发达、性情歹毒的女人，名叫马拉蒂娜。我和校内的一帮狐朋狗友四处闲逛，成天脏兮兮的，隔夜就得洗澡。浴室是一间空荡荡的石屋，地板上有开放式的排水沟，一侧是水龙头。马拉蒂娜赶我们进来，让我们脱个精光，把我们的衣服收拾起来扔出屋子，锁上门。我们八个人吓得挤在一个角落里。

马拉蒂娜给桶装满水，向我们的身体泼过来，我们弯腰屈膝，尖声大叫。另一桶装满了，又狠狠地浇向我们，和警察的水炮一样凶猛。接着她大步上前，一把抓住一个孩子的头发，把他拖到中间，用石炭酸皂猛烈地搓洗，之后把他扔到房间的另一边，再揪起另一个，重复搓洗的过程。她完全掌控着我们扭动的身体，最终搓洗完了我们所有人，然后再回到水桶边，把水泼在我们沾满肥皂的裸体上。我们视线模糊，全身刺痛，晕晕乎乎，头发在她用力的推搡下倒向后方，站在那里闪闪发光。她拿着毛巾走过来，迅速粗暴地擦干我们的身体，然后一个接一个把我们扔出去，让我们穿上纱笼上床睡觉。

客人、孩子，每个人都在笑。毫无疑问，吉莉安以她一贯的风格夸大了亚斯敏的故事，伸长的胳膊模仿着捕捉和搓洗五岁孩子的动作。我不禁臆想着，奇怪为什么这事从未在记忆深处留下创伤。此类事件本应开章出现在一部苦情自传小说里的。我也想到了亚斯敏·古内拉特内，她现在在澳大利亚的一所大学任教，我去年还在新德里的一个国际作家会议上见到了她。当时我们谈的主要是吉莉安，她们一起上过大学。她为什么不告诉我这个故事——这个穿着纱丽的端庄女人，曾经是主教学院女子学校的"洗浴总管"，下令清洗我五岁时瘦弱的裸体。

威尔帕图

4月8日

从阿努拉德普勒出发，我们驱车前往威尔帕图丛林，途经诺奇亚哥马小镇。"对了，"我对女儿说，"这做你孩子的名字不错。"诺奇。我们到达威尔帕图后，将会分配到一个跟踪向导，在接下来的几天里和我们住在一起，并在我们乘吉普车跋涉寻找动物时，跟着我们。我们现在还得要一个小时才能到达丛林中间，这段车程要经过路况很糟的红土砂石路，以每小时十英里的速度缓慢地前行。

下午五点，马尼卡波卢乌图，一座高脚大木屋。周围新鲜的"大象粪便"原来只是水牛屎。我们搬空了吉普车上带来的所有食物，换掉了被汗水浸透的衣服。门廊上有柔和的灯和长长的藤椅。细雨开始淅淅沥沥落在铁皮屋顶上，突然就变成了雷阵雨，把景色染白。房子的左边是一个和湖差不多大的池塘，这个时辰的睡莲闭合着漂浮在上面，被雨抽打得蹦蹦跳跳。女孩们穿着裙子跑到外面去淋雨，突然间，我们其他几个人也认定这是我们在这里洗澡的唯一机会，便走进暴风雨。我们九个人举起双臂，迎接所有我们能接到的雨水。

这个地方让我们有些陶醉了——美丽的房子，正在出现的动物，这场冰冷的急雨将把烤硬的土地变成红泥。所有人都沉浸在孤身独处之中，并不去关心别人，只陶醉于私自的快乐，就好像群体休眠。暴雨减弱了，又再次迸发，更加狂野。木屋里的厨师和跟踪向导在门口观望，不敢相信这个奇怪混合体的所作所为——僧伽罗人、加拿大人，还有一个安静的法国女孩——现在都在用一块肥皂搓身子，然后把它扔来扔去。它好像个发泡神器，顿时让所有人都变白了，仿佛穿了衬裙。现在我们越发竭尽全力地四处承接雨水，弯下腰让它落在背上和肩膀上。有些人在更温暖的树雨下走动，有些人坐在睡莲和鳄鱼池边的长凳上，仿佛这是个周日的下午，其他人则在吉普车旁齐踝深的泥浆漩涡中蹚来蹚去。池塘的另一边有大约三十只鹿，似乎身处于干燥的宇宙。还有岸边的鹳，倒影正在被雨点打碎。

然后是一阵新的骚动。一头巨大肮脏的黑色野猪威严地从树丛里钻出来，其獠牙让它安静的脸变得如兔唇般畸形。它注视着我们，让大家意识到我们每人都涂着半身的肥皂，快乐而荒唐，衣裙因雨水变得沉重，纱笼挽到了膝盖以上。我们一起——百合花、树木被风吹醉的头发还有这个现在成为风暴的中心的威严的野猪——都在欢庆暑热的消除。它大腿挺直，身体僵硬，却迈着弓步，与我们保持着礼貌的距离。

白暴雨中的黑野猪担忧我们的入侵、这肥皂的变形、凹陷的大众汽车和吉普，它可能选择攻击我们中的任何一个人。趁着凉爽、干净、与朋友相伴，如果必须很快就死，那我选择现在就死在它湿漉漉的长獠牙下。

*　　*　　*

4 月 11 日

离开威尔帕图的那天早上，每人都在寂静的晨光中一边收拾行李一边争论。手电在哪里？我的莱登衬衫呢？这是谁的毛巾？昨晚，就在门廊外，一只豹子跟踪并伺机扑向了一只待在房子周围的鹿，晚餐被鹿的尖叫声打断。我们很快跑到了外面，用手电找出豹子的红眼睛、鹿的绿眼睛、和后来跑来观看的鳄鱼的红眼睛。大家都垂涎三尺地等待着杀戮。

有次木屋里除了厨师没有别人，一只豹子跑到门廊上来回踱步。就是在这个门廊上，我们搬来了所有的床，三个晚上一直都睡在这里，互相讲鬼故事，在丛林的炎热中感受着绝对的安全。在另一栋木屋里，客人就必须闭门睡觉，因为有只熊每天晚上都会造访，精疲力竭似的缓缓爬上楼梯，然后睡在任何能找到的空床上。

最后一天早上，我离开其他人，下楼去找我的肥皂，那是我在一次雨浴后留在栏杆上的。从五点半到六点，每天都会下雨，强烈、完美的雷雨。没有肥皂的踪迹。我问厨师和跟踪向导，他们给了我同样的回答，说是野猪拿走了。我的野猪，那个令人厌恶的奇异生物，肥厚的黑色身体，脊梁上不对称的鬃毛沿着背部伸展下去。难道这东西拿走了我的梨牌透明皂？为什么不拿走我的鲁米诗集？或者默文的译稿？那块肥皂带着贵族气息，只要有条件淋浴，它就会让我在非洲那些肮脏的酒店里感觉良好。跟踪向导和厨师不断向我证明就是那野猪，它在拖走东西前总要先尝一小口，有一次甚至叼走了一个手提包。因为野猪每天都会到后门翻找垃圾，所以我开始相信他们了。这头野猪要肥皂干什么？幻象逐渐成形，这家伙带着梨牌透明皂回到它的朋友身边，然后它们都开始在雨中沐浴，搓洗它们的腋窝，肮脏地戏仿我们。我能看到它们张开嘴巴，用舌头接住雨滴，洗蹄子，得意洋洋地站在排水口下，然后带着一身香味去吃马尼卡波卢垃圾晚餐。

伴着对这一损失的恼怒，我们离开了威尔帕图，吉普车紧随着大众汽车。我睁大了眼睛，期待能最后看一眼那野猪，獠牙上卡着我的肥皂，嘴里冒着肥皂泡。

库塔皮蒂亚

　　我们小时候住过的最后一个庄园叫做库塔皮蒂亚，其花园远近闻名。赭石色、淡紫色、粉红色的花墙会在一个月内盛开并死亡，之后是近交色系的花，颜色更加夸张。我父亲是一个茶叶和橡胶种植园的负责人，每天早上五点，一个鼓手会敲起他节奏缓慢的鼓点，作为在那里工作人们的闹钟，要敲半个小时。淡蓝色的晨曦里，我们缓慢地、懒散地从床上爬起。早餐时，我们能看到华丽的树木和薰衣草棉被映照得明亮如火。房子和花园高高地栖息在薄雾之上，雾气填满下面的山谷，像一张睡垫，将我们与现实世界隔绝开来。我父母在那里度过了他们婚姻中最长的一段时光。

　　从花园的边缘向下看，能看到通往佩尔马杜拉的道路，像一条昏昏欲睡的深黄色蛇，蜿蜒消失在悬垂的枝叶中，脚下的一切似乎都是绿色的。我们所站之处，每当清风微拂，温婉的紫色兰花叶便会被吹落到某人的影子上。对于无拘无束的孩子们来说，这是个完美的地方。我哥哥借了一个帕基斯佩蒂木箱，装上轮子，从陡峭的斜坡上颠簸而下——这是他为日后雪橇车运动所做的高危训练。我们的头发都是在前庭草坪上由流动理发师理的。在山峦的私密中，大富翁游戏、板球运动或爆发又平息的婚姻问题每日都会引发争吵。

　　还有拉蜡，就像一只被花香吸引的蜜蜂，每隔一周就会来洗劫一次花园，然后开着满载花枝叶桠的汽车离开。车内几乎没有挪动伸展的空间，她一路开回科伦坡，保持不动，仿佛盛满鲜花灵车里的尸体。

在他生命的最后几年里，我父亲成为"锡兰仙人掌与多肉植物协会"的创始成员，他的这种兴趣始于库塔皮蒂亚时期——都是因为他狡猾防备的天性。他喜欢整齐有序的花园，讨厌看到花圃被拉蜡的掠夺毁坏，于是库塔皮蒂亚的植被逐渐变得多刺。先开始是玫瑰，可是拉蜡戴上了手套，于是他进展到仙人掌。我们周围的景色变得灰秃秃的。他欣然接纳了荆棘丛，试种了长满瘤节的日本无花果，并退而种植了实用的蔬菜或长矛形的多肉植物。他种植的品位变得更加微妙，范围转而变窄。渐渐地，拉蜡的访问减少了，无论如何，她远道而来的目的完全是为了在到达科伦坡朋友家的时候，能带去在雨中开放的柔软花朵。

这下，又没有人来打搅这家人了。我们曾拥有过一切。它过去和现在都是世界上最美丽的地方。我的家人，还有吉莉安的家人，我们从南岸开车过来，爬上一条严重失修的石头路，风尘仆仆、头疼身倦地在大屋前停下。在我第一次理发的草坪边上，我女儿转向我说："如果我们能住在这里，那就太完美了。""是的。"我说。

锡兰行

锡兰落到地图上，状如一滴眼泪。与印度和加拿大比，它是如此之小。一个微缩品。驱车十英里，你就置身于一个风景迥异的地方，按理说它应该属于另一个国家。从南部的加勒到位于海岸线三分之一处的科伦坡，只有七十英里。沿着海岸公路建造房屋时，据说一只鸡可以爪不沾地地在两个城市之间行走。这个国家到处纵横着迷宫般的路线，唯一的出路就是大海。从轮船或飞机上，你可以回望或俯视这一片混乱：村庄溢出街道，丛林侵占村庄。

锡兰公路和铁路地图就像一个红鸟黑鸟到处乱飞的小花园。十九世纪中叶，一名十七岁的英国军官奉命组织修建一条从科伦坡到康迪的公路，工人们劈山筑路，伐木入林，甚至在卡杜加纳瓦山口急转弯的山岩上钻了一个大洞。工程在军官三十六岁那年竣工，诸如此类草率的执迷当时还有很多。

我父亲似乎也注定要一辈子因火车而魔怔，铁路旅行成了他的克星。在二三十年代，即便喝得烂醉如泥，人也总能设法玩转公共交通，或者驾驭路上那些让清醒的人害怕的山口、岩豁和悬崖。作为锡兰轻步兵团的一名军官，我父亲有免费乘车证，于是在科伦坡-亭可马里这段铁路线上臭名鹊起。

刚开始他还算安分守己，可到了二十多岁的时候，有次竟拿着军用手枪，把钻到座位底下的战友约翰·科特拉瓦拉给吓坏了。他穿过摇摇晃晃的车厢，威胁说不停车就要杀死司机。早上七点半，火车停在了科伦坡外十英里的地方。他解释说希望这是一次愉快的旅行，本来错过火车的好友亚瑟·范·朗根伯格上车和他分享旅行之乐。

一名传令兵被派往科伦坡去接亚瑟，乘客们都下车来铁轨上等待。经过两小时的延误，亚瑟赶到了。约翰·科特拉瓦拉从座位底下爬出来，大家都跳回车厢，我父亲收起手枪，火车继续向亭可马里行进。

我想我父亲认为他生而拥有这条铁路，把它当作一套官服来消费。锡兰的火车完全缺乏隐私，没有单独的车厢，大多数乘客都在车厢里来回穿行，好奇车上还有谁。因此，无论带没带军用左轮手枪，人们一般都会知道默文·翁达杰是何时登上的火车的（穿制服时，他会更经常地叫停火车）。如果旅行恰逢他发酒疯的日子，火车可能会晚点好几个小时。电报会从一个车站发到另一个车站，安排一位亲戚来见他并将他从火车上带走。我舅舅诺埃尔通常会被叫去，战争期间他在海军服役，因此一辆海军吉普车会呼啸着向阿努拉德普勒驶来，接走这个锡兰轻步兵团的少校。

当我父亲脱光衣服，跳下火车，冲进卡杜甘纳瓦隧道时，海军终于拒绝继续跟踪他，并把我母亲叫了去。他在有四分之三英里长的黑暗隧道中待了三个小时，阻断了双向的铁路交通。我母亲手抓着一套便服（军方不允许她张扬他和军队的关联），走进黑暗，找到他并与他交谈了一个半小时。这种时刻恐怕只有康拉德才演绎得出来。她孤身进入，一只胳膊挽着他的衣服——但没拿鞋子，对这个疏忽他后来埋三怨四——还拿着一盏铁路灯，她一到他身边，灯就被他打碎了。当时他们已经结婚六年。

他们成功地走出了黑暗。酷爱丁尼生和早期叶芝的母亲，开始意识到她面对的是一种异类的存在。从此往后，她得在一个全然不同的世界里变得坚强而勇敢。决心一旦离婚，永远不向他要钱，靠自己的收入来养活我们。他俩都来自温文尔雅的家庭，我父亲却踏上了一条他的父母和妻子都无法理解的路。她伴随左右，与他打了十四年交道，像坚韧而娴静的微风一样缭绕着他的一举一动。我的天呐，在四分之三英里长的隧道里说服他不要自杀！她拿着从另一位乘客那里借来的衣服和一盏灯，带着对所有三十年代以前美丽的格律诗的灼见和热爱，在黑暗中，在卡杜甘纳瓦隧道黑色缓慢的微风中去见她赤身裸体的丈夫。直到他冲向她，她才找到他。他抓起那盏灯，把它摔到墙上，才意识到是谁来找他了。

"是我！"

一阵停顿。"你竟敢跟踪我！"

"我跟着你，因为没有人愿意跟你。"

我母亲三十岁以后的笔迹，和年轻时大相径庭。看上去很狂野，醉醺醺的，字母大了许多，在纸页上翻来滚去，好似她换了一双手一样。读她的信，我们以为那蓝色的航空信件是在十秒内写完的。但有一次，我姐姐看到她在书写，过程竟是如此费力，舌头在嘴里扭来扭去，仿佛那字迹的潦草是严格训练的结果，仿佛三十岁左右的时候，她被诅咒了，忘记了如何写字，失去了习惯的风格，强迫自己去应对一个全新的黑暗未知的字母表。

休息站是锡兰的古老传统。道路非常危险，每十五英里就设一个休息站。你可以开车进去放松一下，喝一杯或吃顿午餐，也可以找个房间过夜。科伦坡和康迪之间，人们在凯加勒休息站休憩；从科伦坡到哈顿，人们在基图尔加拉休息站停留。这是我父亲的最爱。

正是在公路旅行中，我父亲与某个萨米·迪亚斯·班达拉奈克展开了较量，这人是被佛教僧侣暗杀的锡兰总理的近亲。

了解访客簿的传统很重要，在休息站短驻或长留之后，人们会写下自己的评论。班达拉奈克—翁达杰的宿怨就是在这些访客簿中展开并仅限于此。事情是这样的，萨米·迪亚斯·班达拉奈克和我父亲碰巧同时来到了基图尔加拉休息站。萨米·迪亚斯，或者说争执中的我方认为，是一个挑刺老手。大多数人只会留下三言两语，可是他却会用整个逗留时间检查每个水龙头和淋浴器，看看出了什么问题，然后喋喋不休。这次萨米先离开了基图尔加拉休息站，并在访客簿上写下了大半页的话，什么都抱怨，从服务到差劲的饮料，到次等的大米，到糟糕的床，简直像是在写一部史诗。我父亲在两个小时后离开，只写下两句话："没啥可抱怨的。包括对班达拉奈克先生。"大多数人都会阅读这些评论，所以它们像报纸广告一样公开。很快，包括萨米在内，每个人都听说了这件事。除了萨米之外，大伙儿都被逗乐了。

几个月后，他俩碰巧都在阿维萨韦拉的休息站吃午饭，在那里只待了一个小时，互不理睬。萨米先离开的，写了半页纸抨击我父亲，并称赞美食。我父亲则写了一页半关于班达拉奈克家族的报复性文字，暗示了他们的疯狂和乱伦。下一次再相遇时，萨米·迪亚斯让我父亲先写，等他离开后，把他所知道的所有关于翁达杰家族的八卦都写到里面了。

这场笔墨战争打破了如此多的规矩，以至于锡兰访客簿中的过往册页第一次不得不被撕掉。最后发展到即便一方没来休息站，另一方也会品评。册页不断被撕掉，两个还算显赫的锡兰家族精彩的档案资料就这样被毁掉了。当萨米·迪亚斯和我父亲都被禁止留下他们对住宿或用餐的印象时，这场战争便渐渐烟消云散了。今天访客簿上有关"建设性批评"的标准用语便始于这一时期。

* * *

我父亲的最后一趟火车旅行（1943 年后他被禁止在锡兰乘坐火车）是最戏剧性的一次。我出生那年，他是锡兰轻步兵团的少校，驻扎在亭可马里，远离我母亲。人们担心日本会发动袭击，他开始执迷于可能的入侵。负责运输的他会叫醒整个军营的人，将他们赶到港口或海岸线的各个地点，坚信日本人不会用飞机，而会用军舰进攻。大理石海滩、珊瑚海岸、尼拉韦利、大象角、法国隘口，凌晨三点派来的军用吉普车会突然像萤火虫一样在上述地点闪闪发光。他开始酗酒，持续狂饮不止，不得不住院治疗。当局决定将他送往科伦坡的一家军队医院，由再度成为不幸旅伴的约翰·科特拉瓦拉陪护。（应该称约翰·科特拉瓦拉爵士，因为他最终成为了总理。）我父亲设法把几瓶杜松子酒夹带到了火车上，还没等离开亭可马里，就开始发作了。火车飞驰，穿过隧道、灌木带，在急转弯处倾斜。我父亲的愤怒模仿着它，它的速度、颤动和喧嚣，他在车厢里跑进跑出，喝完一瓶酒，就把瓶子从窗户里扔出去，还拿到了约翰·科特拉瓦拉的枪。

更多的戏剧性事件发生在火车之外，他的亲属试图在他抵达科伦坡之前拦住他。出于某种原因，他必须由一名家庭成员送医，而不能被军队监护。他的妹妹、我的姑妈斯蒂菲开车去阿努拉德普勒接车，她不太了解他的病情，但确信她是他最喜欢的妹妹。可能是为了吸引看管她哥哥又对她有好感的约翰·科特拉瓦拉吧，她很不幸地穿了一身白色丝绸连衣裙，戴着白羽毛帽子和长长的白手套来到车站，招来了一众围观者，引起不少骚动，结果当火车减速进站时，她被团团围住，无法接近车厢。约翰·科特拉瓦拉一边和她正在脱衣服的哥哥搏斗，一边惊奇地瞥见了她——到处是小便的站台上站着这个瘦小、端庄、美丽的白衣女子。

"默文！"

"斯蒂菲！"

在经过对方身边时他们大喊道。火车开出了车站，斯蒂菲仍然被包围着，一个空瓶子像最后一句话一样砸在了站台的尽头。

约翰·科特拉瓦拉在到达加尔加穆瓦之前被我父亲打晕了过去，对此他从未提出过指控。无论如何，我父亲接管了火车。

他让火车来回转轨，每个方向十英里，结果所有的火车，有些还载满了军队，都只能停在南方，哪儿也去不了。他也设法把火车司机灌醉了，自己每小时喝一瓶杜松子酒，几乎光着身子在车厢里来回溜达，但这次穿了鞋子。迷醉状态下，他开始唠唠叨叨地吟诵一首首绝妙的打油诗，以此让乘客开心不已。

另外一个棘手的问题是，有一节车厢包给了英国高级军官，他们早早就睡下了。虽然整列火车都亲睹了当地军队的这场小型革命，但大家都认为应该对那些熟睡的外国人隐瞒这种无政府事件。英国人已经认为锡兰的火车很糟糕了，如果他们发现锡兰轻步兵团的军官正在发疯失控、打乱日程，他们可能会厌恶地离开这个国家。因此，如果有人想到火车的另一端去，就会爬上"英国车厢"的车顶，踮起脚尖，在月亮下变成剪影，来到下一节车厢。我父亲也是如此，每当他要和司机说话时，就会爬入夜色，从火车顶上溜达过去，手里拎着酒瓶和左轮手枪，低声细语地和另一边过来的乘客打招呼。想要制服他的战友们绝不想惊醒这帮英国人，于是他们便带着对热带地区秩序愤怒的苛求继续安详地沉睡着。与此同时，火车在夜色中来回转轨，括撮在他们周围的全是混乱和欢闹。

此时此刻，我舅舅诺埃尔怕我父亲会被起诉，正在距离科伦坡六英里的凯拉尼亚等火车，这儿离我父亲拦下火车等待亚瑟·范·朗根伯格的地方不远，因此大家都认识他。但是火车一直在来回转轨，未能到达凯拉尼亚。现在我父亲已经确信日本人在火车上埋了炸弹，一到科伦坡就会爆炸。因此，任何非军事人员在波加哈维拉都被赶下了火车。他则在车厢里来回巡视，打碎了所有会让炸弹升温的灯。他在拯救火车和科伦坡。当诺埃尔舅舅在凯拉尼亚等了六个多小时的时候——火车驶入视线，然后再次北撤——我父亲和被他控制住的两名军官搜查了每一件行李，他一个人就发现了二十五枚炸弹。当他收集它们时，其他人都沉默了下来，不再争论。现在，除了熟睡的英国人之外，亭可马里—科伦坡列车上只有十五个人。最终夜幕降临，杜松子酒饮尽，火车缓缓停在了凯拉尼亚。从早上算起，我父亲和司机一共喝了近七瓶酒。

我舅舅诺埃尔把受了伤的约翰·科特拉瓦拉安置在他借来的海军吉普车后座上。之后我父亲却说他不能把炸弹留在火车上，必须把它们放在吉普车里，然后扔进河中。他一次又一次冲进火车，拿出乘客们携带的凝乳罐。它们被小心地装上吉普车，与未来总理趴着的身体并置在一起。车开到医院之前，我舅舅在凯拉尼亚–科伦坡桥上停了下来，我父亲把二十五个罐子都扔到了下面的河中，目睹了它们砸进水里时的巨大爆炸。

约翰爵士

吉莉安和我沿着加勒路向南，一过拉特默勒纳机场就向内陆行驶，前往约翰·科特拉瓦爵士家。吉普车风尘仆仆，覆盖着三合一油，通过漫长堂皇的红土车道，突然就进入了一片绿荫。一个穿着白衬衫和短裤的细腿小个子男人坐在门廊上等我们。我们停车的时候，他慢慢站起身来。我们是受邀来与约翰爵士共进早餐的，此时是早上八点三十分。

我在电话上跟他说过，但他似乎已忘记了我们此行的目的，尽管依然等着我们共进早餐。吉莉安和我再次报上我们的名字：默文·翁达杰的孩子。您在锡兰轻步兵团时认识他？

"啊！"

外交官一脸震惊。"那个人啊！"他说，"那个给我们大家惹下大麻烦的家伙！"然后开怀大笑。这个百万富翁前总理万万没想到能见到默文·翁达杰的后人，这位翁达杰军官1943年在亭可马里得了震战性谵妄症，在前往科伦坡的火车上出了大丑。恐怕这还是第一次有人到他这里来，不是为了见他约翰·科特拉瓦爵士本人，而是因为在战时几个月混乱不堪的时间里，他碰巧认识锡兰轻步兵团里一个经常喝得烂醉的军官。

过了十多分钟，他仍然对此次来访的奇怪动机无法释怀。仆人给他拿来一个装满水果、面包和烤饼的藤篮，约翰爵士说"来吧"，然后抱着食物溜达进花园。我以为我们要去树下吃早餐，因为我们早上通常七点进餐，所以现在吉莉安和我都饿了。他慢慢走向泳池和车道另一侧的一排鱼缸。"我的鱼来自澳大利亚。"他说，然后开始从篮子里拿出食物喂它们。我抬起头，看到屋顶上的一只孔雀正在开屏。

"这人真没少惹麻烦。"什么？"你知道，他在火车全速行驶时跳了下去……幸好经过一片稻田，他掉了进去。火车停下后，他又爬上了车，浑身是泥。"这是一场维多利亚式的梦。我们都在草坪上，我姐姐吉莉安，还有这个孱弱而又权势显赫的男人。包围着我们的四五只孔雀正在吃我的烤饼，仄着头一下一下地啄向他拿着的篮子。点缀在孔雀中间的洒水器似乎在模仿它们，甩出白色的尾巴，陪伴着这些鸟儿。现在到喂桑布尔鹿和丛林鸡的时候了。

在接下来的半个小时里，我们三次诱导他回到故事中去，他的记忆终于开始活跃在四十年代，记起的东西越来越多。讲述中，他从不用我父亲的名字，无论是教名还是姓氏，只是说"这个小伙子"或"那个家伙"。他现在很享受这个故事。我从其他三四个角度听过这个故事，所以能够提醒他一些基本事实——比如凝乳罐等。

"你瞧，我是当时的指挥官。他已经酗酒几个月了。一天凌晨两点，他开着吉普车跑进基地，说日本人已经入侵了，他发现了一个。呃，我不这么认为，但还是爬上吉普车跟他一起走了。离岸五码外的海浪中有个人像雕像一样站在那里。'他在那儿。'这个家伙说。他两小时前发现他正在上岸，便将他拦住，用手枪朝那人两腿之间的水里开火，说，待在那里，就待在那里，我回来之前**不许动**。然后跳上吉普车，来到基地找我们。我用吉普车灯照着他，马上就看出他是个泰米尔人。于是我明白了。

"第二天早上，我带他坐火车去科伦坡。他在路上闹翻了天。"

桑布尔鹿吃光了所有的香蕉，于是我们回到室内，和约翰爵士的医生和医生妻子一起，在一个开放的餐厅里坐下来吃真正的早餐。

约翰爵士的早餐享有盛名，总有米线和咖喱鱼、芒果和凝乳。桌下神奇地吹来阵阵微风，是一种精确的奢侈。我扯开第一团米线时，把脚伸向它的源头，我的凉鞋被卷走，飞到了桌下的另一头，好在没朝约翰爵士的方向飞去。我的脚一阵刺痛。当其他人都在用餐的时候，我向后靠着看了看下面，离我脚趾几英寸的地方有一个便携式小风扇，此刻随时都会撕掉我的肉。在寻找我父亲的一顿早餐中，我差点儿失去了一根脚趾。

约翰爵士正在谈论着其他什么人，对"我们最棒的骗子之一"的某个丑闻感到高兴。离地面不到六英寸的窗户大敞着，没有玻璃。一只乌鸦走上去，好像要宣布什么，又走开了。然后孔雀跑了进来，走到浅棕色的镶木地板上，每走一步都会发出轻微的咔哒声。除我之外似乎有人注意到这个奇迹：约翰爵士伸手拿起一团米线，撕下脆边，撮起柔软美味的中心部位，递给那只他看都没看、只是听到或感觉到的孔雀，孔雀向前迈出最后一步，垂下脖子接过米线，向餐厅更清净的地方走去，边走边吃。

我们吃饭的时候，来自科伦坡的一个正在制作《卡米洛特》的业余剧团，获得了在园子里拍照的许可。在这五月可怕的酷热里，僧伽罗演员穿戴着厚厚的天鹅绒服装、尖顶帽和锁子甲，让梦境般的场景变得更加超现实。一群黑人骑士在孔雀和喷泉中间默唱节日歌曲，吉妮薇尔在澳大利亚鱼缸旁亲吻了亚瑟。

外面的摄影师，还有拍《卡米洛特》的主意，都让约翰爵士想起了他的政治磨难。他声称，使他输掉选举的，就是他豪华的住宅和派对——相关照片出现在了报纸上。他告诉我们反对派如何组织摆拍了一组最可耻的照片。一对举止端庄的年轻夫妇和一个带着相机的朋友三人一起造访了园子。他们问他是否可以拍一些照片，他同意了。摄影师为这对夫妇拍了几张照片。突然，那男人跪了下来，掀起女人的纱丽，啃起她的大腿根来。几码外漫不经心观看着的约翰爵士冲上前来，询问发生了什么事。跪在地上的男人把埋进去的头探出来，对他咧嘴一笑，说："是蛇咬啊，先生。"然后又回到女人的大腿上去。

一周后，三张公然放肆的性行为的照片出现在报纸上，约翰爵士也在其中，正与那位狂喜得痉挛的女子轻松自如地聊天。

照　片

我姑妈拿出相册，里面有一张我等了一辈子的照片。我父母的同框照，摄于 1932 年 5 月。

那时他俩在度蜜月，穿着正装走进了照相馆。摄影师拍婚纱照已很熟惯，大约看到过各种姿势。我父亲面对镜头坐着，我母亲站在他身边，弯下腰来，让她脸的侧面与他的脸齐平。然后他们开始做鬼脸。

我父亲的瞳孔下斜到眼眶的西南角，下巴掉下来，做出痴惊的呻吟状（他深色的西装和梳理整齐的头发强化了这戏剧效果），我母亲穿着白色衣服，扭曲了可爱的五官，伸出下巴和上唇，让侧面状如猴子。印好的照片被制成明信片，邮递给不同的朋友。我父亲在背面写下："**我们对婚姻生活的看法。**"

不用说，一切尽含其中：他们扭曲面孔后面的美貌，他们彼此间的幽默感，还有他俩都是非常卓越的过火演员。他们是完美的一对，我想要的正是这样的证据。我父亲晒黑的肌肤，我母亲牛乳般的白皙，以及他们自编自演的戏。

这是我找到的他们唯一的同框照。

我们对婚姻生活的看法

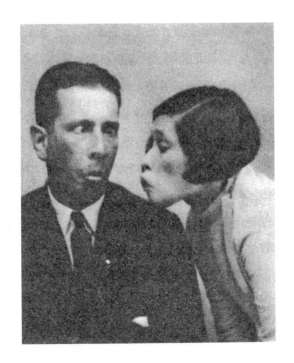

茶 乡

"说起妈妈,她是个非常善于社交的人。后来他来到科伦坡,把她掠到了茶园。是啊,他们相爱了,彼此很幸福,有了孩子。但后来她在那里什么也干不了。"

茶乡。这沉寂的绿色风景曾囚禁过她。如今,四十年后的五月初,在季风将临之际,我到这里来看望我同父异母的妹妹苏珊和她的丈夫苏尼尔。景物及生活方式的绿色格调几乎没有变化。

从科伦坡开过来一百英里,花了我们五个小时。变速器出了麻烦,喇叭发不出声来,发动机升温如此之快,我们不得不每二十分钟就停下来冷却并重新给散热器加水。来路在三十英里内爬升了五千英尺,变速器的二挡终于坏了,最后几英里我们边开边祈祷不必停下来躲避迎面而来的卡车、公交车和山路上无数的五一游行队伍。离宅第还有一英里远的时候汽车抛锚了,我们徒步行走在把幽暗的茶树变得明亮的雷云之下,穿过一排排采摘者,苏尼尔带着他的科伦坡威士忌,苏珊和我拎着一袋袋食物。

衬衫是湿的,头是痛的,能走走路真不错。山上这里比科伦坡低二十度,一道无源之光似乎从底下照亮了景物,园子里的黄花仿佛溢漏到了潮湿的空气中。湿气笼罩着房子,我们仨和一个仆人在这所长长的大平房里四处转悠,聊个没完没了。除了几把藤椅,所有的家具都被送去重做软装了,这里最大的噪声就是两条狗兴奋的呼吸声。

一小时后，我和苏珊站在大厅里，突然听到手枪开火的声音，一股蓝焰光波，房子被闪电击中，击穿了我头顶墙上的保险丝盒。我被吓得惊魂不定，整个下午都安静无语。尽管它坐落在茶园顶端，似乎是个明显的目标，但闪电以前从未击中过这座房子。那道电光预示着宁静的结束，暴风雨破窗而入，闯进走廊。漫漫长夜，我们玩起拼字游戏，大声喊出分数，但风雨交加中，几乎听不见对方的声音。

*　　　*　　　*

一觉醒来，周遭寂寂，我们迎来了漫长而宁静的早晨。苏珊在大厅里走来走去，到厨房去安排每日的膳食，在第一次季风风暴造成的混乱中重整旗鼓（保险丝盒被烧毁，电话线、鸡舍围栏被吹坏，花园一片狼藉）。

餐厅的门通向潮湿的草坪和弗朗西斯科灌木丛，灌木的花朵就像撕碎的蓝白纸屑，把香气送进了这个房间。犬吠声声，七八只长尾小鹦鹉斜刺里冲出番石榴树，消失在山崖后边。山谷对面，一条瀑布跌跌撞撞垂挂下来。一两个月后，真正的大雨会一天下十八个小时，瀑布将再次变得冰川般凶猛，冲垮道路。但现在它看起来很精致，犹如长曝光照片上一只白色蝴蝶的飞翔轨迹。

我只要离开桌子，踏出房子十码，就会被各种各样的绿色包围。绿得最堂皇的是茶树，其高效对称的种植方式也同样富丽堂皇。如果放任不管，这种精确性将在五年内蔓为丛莽。在远处，采茶者如同一支军队，在另一片寂静中移动。道路交错盘旋而去，在灰色的天空下呈现出明黄色，看不见的太阳要从某个地方挣扎出来。这就是风景的颜色，这就是环绕着我父母婚姻的静默。

"我们对婚姻生活的看法"

　　苏珊，我同父异母的妹妹，她很温柔，几乎是完全的谦卑。和苏珊与苏尼尔坐在这里，我吃惊地发现他们比我年轻。她镇定而安静，没有我在自己、我哥哥和两个姐姐身上看到的易怒和好斗。

　　我在想，既然她有翁达杰血统，而没有格雷蒂安血统，那么显然我们是从母亲那边继承了戏剧性、杜撰倾向以及时不时要长篇大论的意愿。我们内心藏着个装腔作势的演员。尽管我父亲在公共场合有过间歇性的狂躁行为，但我们是从他那里继承了私密感和对独处的向往。

　　我父亲爱书，我母亲也爱书，但我父亲在吸取了书中的精髓后，会独自储藏起知识和情感。而我母亲则会大声朗诵她最喜欢的诗歌，和我们一起读剧本，并自己表演。她甚至开办了一所小型舞蹈戏剧学校，对此科伦坡人至今记忆犹新。她的朗读能震慑整个房间，年轻时她的优雅举止和曼妙舞姿迷住了所有的人。后来，几乎盖过了她那些妙语警句的是她的声音、她在沙哑喘息的笑声中杜撰出来的故事。像她那样锡兰家庭的女人，会把某一个人最细微的反应夸大为一个令人兴奋异常的故事，然后把这个故事作为这个人性格特征的例证。如果说有什么东西让他们这一代人变得鲜活生动的话，那就是这种夸张的记录。普通的网球赛会被吹得神乎其神，以至于一名球员烂醉在球场上，差点死掉。一个人会因为一个小小的举动被永远铭记，五年之内这个小举动会被无限放大，而他则成了这个举动下面的一个注脚。茶乡的寂静，无疑还有我母亲的戏剧性和浪漫感（为大声朗读 J.M. 巴里和迈克尔·阿伦所诱发），将编辑过的杜撰佳肴与殖民地锡兰的最后一个时代结合在了一起。

我父亲清静无为，更加私密。虽然他戏弄过自己父亲的礼仪规范，但同时在私下里却很看重荣誉和斯文。据说他无法忍受他的岳母拉蜡，是因为她粗俗不堪，尽管我父亲的那些轶事，在风格上比谁都更接近拉蜡。曾几何时，我们在拉蜡的坚持下兴高采烈地绕着房子和庄园四处奔跑，去抓那条叼着假乳房乱窜的狗钦迪特，这时我父亲就会非常尴尬地遁入他的书籍或办公室里。情况要么如上所述，要么就是他私下里训练了这条狗，以此来折磨他的岳母，对此我们一直无法确定。我们知道的是，他会鼓励钦迪特尽可能在她附近放屁，同时抬抬眉毛，偷偷地暗示我们，是她的屁让我们退到了房间的另一端。

我父亲的戏剧性只会让他自己、间或我们四个人心花怒放。要不然就是，他在大家面前讲逗人的笑话，却只有我母亲和他自己笑到抽筋。

我母亲爱着，并一直爱着他私密而略显扭曲的幽默，甚至离婚很久后在她最后的几年里也是如此，它是把他们联系在一起的最主要的东西。他们生活在自己的世界里，友善地对待所有的人，但只分享彼此的一套幽默。如果他们的生活中有戏剧性的话，我父亲希望这只发生在他们两人之间。而我母亲呢，则会设法采取一种行动，让茶园附近的人都牢记不忘，并让其在二十四小时内传遍科伦坡。和我父亲闹分手的最后阶段，一次在我父亲短暂、喧闹、一味发酒疯的攻击性言论之后，她告诉他将在晚上十一点离开。她把我们穿戴整齐，在我父亲抓起车钥匙把它扔到黑乎乎的茶树丛中之后，找来四个仆人，让我们每个人骑到一个仆人的肩膀上，在一片漆黑中穿过茶园和茂密的丛林，来到五英里外的邻居家。

是她把戏剧灌输给了我们所有人。她决心让我们每个人都像她一样成为一名好演员。每当我父亲陷入酗酒状态时，她就会把三个大点儿的孩子（我会在睡觉——太小，而且懵懵懂懂）送进我父亲的房间，这时他连话都难说出来，更不用说争论了。他们三人会训练有素地流着眼泪表演，"爸爸，不要喝酒，爸爸，如果你爱我们，就不要喝酒"，而我母亲则等在外面听。我父亲此时恐怕已经神游天外，不知道针对他的战争已经发展到了何种程度。这种事让我年纪稍大的哥哥和姐姐非常尴尬，事后好几天都会感到内疚和痛苦。吉莉安是三人中最小的，她全身心地投入到了这些独幕剧中，当他们回到客厅时，我母亲会拍拍她的肩背说："干得好吉莉安——你是迄今为止**最棒**的。"

她的动机是治好我父亲狂躁的酗酒癖。就她而言，那是一场全面战争。在清醒的数月里，他们俩是平等的，非常亲密，充满幽默。但在他黑暗的时刻，她会借鉴她演过或看过的每一部剧，将其用作武器。她知道我父亲清醒过来后，一旦听到我母亲当时的过激反应，这个本质上害羞的人会惊骇不已。在他喝醉时，她的所作所为是为了让他在喜欢低调行事的温和时段感到震惊的。我母亲公开出演的所有剧目都远不及她在婚姻生活中自导自演的真人剧。如果默文要羞辱她，她会用惊世骇俗的姿态来报复他，让他难堪——这可以是那次著名的丛林跋涉，也可以是在基图尔加拉休息站，见他开始滥饮便屏住呼吸直至晕倒，让他不得不停杯开车送她回家。

清醒后，我父亲会转败为胜。他发现她做了离谱的事，便着手修复关系。一周之内，凭借魅力和机智，他让我母亲的行为显得比他更可笑——那是在用炸弹惊动蝴蝶，直到两人之中他反倒看起来更为理智。就这样，一桩大多数人都觉得永远无法克服的、无疑会破坏婚姻的事件被抹平了。我母亲非但没有嫉妒，反而更快乐了，在接下来的六个月左右，他们都是令人愉快的伙伴，很棒的父母。然后他喝了一杯酒，怎么也停不下来，战争又爆发了。

最终当一切结束时，她为他上演了最后的一幕。她惊艳地穿了一身白色连衣裙，戴了一顶白色帽子（她以前从未戴过帽子），来到离婚法庭，平静地要求离婚，不要求赡养费——对她没有，对孩子也没有。她在东方大酒店找到了一份工作，把自己培养成了一名管家经理，先是在锡兰然后是在英国的酒店里打工，供我们上学，直到去世。茶园的安逸生活和戏剧性战争结束了。十四年来，作为锡兰最著名和最富有的两个家庭的后代，他们历经沧桑。我父亲现在只在石山拥有一个养鸡场，我母亲则在一家酒店打工。

1949 年我母亲去英国之前见了一个算命先生，他预测，虽然她将在余生中经常见到自己孩子，但再也不会同时见到他们了。事实果真如此。吉莉安和我一起留在了锡兰，克里斯托弗和珍妮特去了英国。我去了英国，克里斯托弗去了加拿大，吉莉安来到英国，珍妮特去了美国，吉莉安回到锡兰，珍妮特回到英国，我去了加拿大。如果有三个以上的翁达杰在一起，磁场就会变得紊乱。还有我父亲，总和我们天各一方，直至去世。北极。

对 话

（一）

"有一次他差点要了我们的命，没有你，是三个年长的孩子。他开着福特车，喝醉了，在拐弯处不断突然急转，你知道那些山间小路的。一开始我们还欢呼，但很快就被吓坏了，大喊着让他停下。终于在一个拐角处，他差点掉下悬崖。两个轮子已经悬空，车就挂在那里，卡在车轴上，脚下便是万丈深渊。我们坐在后座上，冷静下来后，查看前座，发现爸爸睡着了。他昏过去了，但在我们看来，是睡着了，这似乎更糟。他太随意了。

"他在开车，所以在右手边——即将侧翻的那边，所以我们都往左边爬，但如果我们从前排座位爬下车，他就会自己掉下去。我们不知道该怎么办。几百码前我们曾经过一些采茶人，唯一的希望就是他们能把车抬回到路上。我们决定应该让最轻的人出去，珍妮特和吉莉安为谁是最轻的问题吵了起来，当时她们对自己的体重都很敏感。最后，吉莉安去了，珍妮特和我试着把他往乘客座位上拉。

"他醒来时，汽车已经被抬到路中央。他说他感觉好多了，发动了汽车，让我们上车。但我们谁也不会再上车了。"

（二）

"记得爸爸丢了工作，刚刚被解雇，喝着酒。妈妈和他坐在前排，你和我坐在后面。整个旅程中，他不断说'我完蛋了。我把你们都毁了，都毁了'。然后哭起来。这是一次可怕的旅行。妈妈一直在安慰他，说她永远不会离开他，永远不会离他而去。你还记得吗……？"

（三）

"我起身去英国那天，天哪，对妈妈来说真是个糟糕的日子。我们在库塔皮蒂亚，她开车送我去科伦坡，一大早就动身了。她必须速战速决，他喝了太多的酒，不能离开他太久。我们登上百慕大女王号船那一刻，正是他快该醒过来的时候，她必须在他惹祸之前赶回去。她和我道别，很清楚他又开始酗酒了。"

（四）

"还记得他睡觉用的那一堆枕头吗？还记得他曾让我们按摩他的腿吗？我们每个人都得按十分钟……"

（五）

"对我们来说，他是个非常迷人的人，总是彬彬有礼。和他说话，你知道是在和真正的默文交流。他总是那么坦率，喜欢他拜访的人。但我们都不知道他喝醉时的样子。所以当你母亲谈到分手的原因时，完全出人意料。哦，我确实见到他喝醉过一次，的确令人讨厌，但只有一次。

"不管怎样，她告诉我们事情很麻烦。他们的仆人戈帕尔不听她的话，不断给你父亲一瓶瓶地买酒。因此，我们建议他们俩去努沃勒埃利耶的'弗恩克利夫'。他们在那里待了一个星期，不顶用，又回到了凯加勒。那时他已经失去了工作，所以他们大部分时间都待在家里。然后你母亲得了伤寒，副伤寒，不是最严重的那种，但还是得了病——她说他不相信她，打她让她下床。她想方设法让戈帕尔相信了事情的严重性，虽然他总是只服从你父亲，但还是进城给我们打了电话。我们开车把她送到科伦坡，住进了斯皮特尔疗养院。

"她再也没有回到他身边。出院后，她去了霍顿广场，与诺埃尔和齐拉住在一起。

"不管怎么说吧，几年后，我们决定修整'弗恩克利夫'正在变黄的草坪，安排人从高尔夫俱乐部运来了一些草皮。开始挖掘时，我们发现了大约三十瓶罗克兰杜松子酒，被你父亲埋在了前面的草坪里……"

（六）
"我不知道这是什么时候发生的，也不知道当时我多大了。我躺在床上，那是晚上。他们在房间里乱扔东西，大喊大叫，像巨人一样。"

（七）
"离开他后，她在拉维尼亚山酒店工作，然后是东方大酒店，现在被称为塔普罗巴奈。五十年代，她搬到了英国。刚去英国时，她在兰开斯特门的寄宿公寓工作，度过了一段艰难的时光。她有一个小房间，只有一个煤气灶。诺埃尔的女儿温迪当时寄宿在一所私立学校，她很懂事，每个周末都会告诉她切尔滕纳姆的朋友们'现在我们必须去拜访多丽丝姨妈'，然后她会拉着六七个时髦的英国女学生，一起挤进那个起卧兼用房，在煤气灶上做松脆饼。"

（八）

"我有一些打网球的朋友，我在伦敦最好的朋友。他们被邀请到锡兰参加比赛，在那里待了两个星期。他们回到英国后，我没有再联系他们，也不接他们的电话，以为他们一定发现了我来自一个多么可耻的家庭。你看，妈妈的故事把我们在那里都有过什么样的经历灌输给了我们，使我产生了这样的印象，即翁达杰都是绝对的贱民。当时我二十五岁。五年后，我回锡兰看望吉莉安，心里依然然很紧张。当每个人都如此喜悦和爱怜地回忆起他和我们所有人时，我感到非常惊讶……"

（九）

"最后，他每两周来一次科伦坡，为我带来鸡蛋和花园的肥料。他少言寡语，不再是我们以前认识的那个失控的默文，非常和善安静，很乐意只是坐在这里听我唠叨个没完……直到他葬礼的那天，我才见到他的第二任妻子莫琳。"

（十）

"你知道，我记得最清楚的是他脸上的悲伤。我会正在做着什么，突然抬起头来，看到他毫无戒备的面孔，充满了哀伤。我说不清楚。离婚很久以后，我给他写了封信。我刚参加了平生的第一个舞会，抱怨男孩们对我们唱那些缠缠绵绵的歌曲，特别有一首他们播放个没完没了：'吻我一次，吻我两次，再吻我一次……好久好久不见。'他回信说，他只希望能再次亲吻我们。

……你寄给我的那些片段让我想起了他和所有的那些时光，感到非常难过。当然，我在我们中总是很严肃，没有幽默感。我把你写的东西给别人看，他们笑着说我们一定有过一个十分美好的童年，我说那是一场噩梦。"

(十一)

"多年后，当我再见到他时，他总有一堆精彩的故事，从不肮脏，从不嘲笑女人。不管怎样，有一天我在城堡里遇见了他，当时你母亲正在锡兰，那天晚上要过来吃晚饭。于是我故意叫板，告诉了她那天早上我见到谁了。我说，你应该见见他。我记得她非常沉默，低头看看她的空盘子，又环顾房间，有些诧异，说：'我为什么要见他？'我不知道为什么，但不断促进此事，渐渐地她开始感兴趣了。我想她马上要屈服了，便说我可以很容易地通过电话联系到他，他可以过来加入我们。那时他们都六十多岁了，离婚后甚至一次面都没见过。看在过去的分上，多丽丝，我说，只是为了见见对方。然后我妻子觉得我太自以为是了，让我转换话题，建议我们吃饭，说晚餐已经准备好了。但我知道她几乎被说服了，对此我确信无疑，就差那么一点点……"

盲目的信仰

在生命中的某些时刻、某些年份，我们将自己视为被摧毁的前几代人的残余，因此，我们的任务变成了与敌对阵营保持和平，消除雅各布悲剧[1]结尾式的混乱，并以"距离的怜悯"书写历史。

福丁布拉斯[2]、埃德加[3]、克里斯托弗、我姐姐、温迪、我自己。我认为发生在我们之前的事情深远地塑造了我们所有人的生活。为什么在莎士比亚笔下的人物中，我对埃德加最感兴趣？如果深究其寓意，他是在用虚构的悬崖来折磨他的父亲。

诸如爱、激情、责任等词汇被如此频繁地使用，除了作为钱币或武器，已变得毫无意义。坚实的语言逐渐松软，我从来不知道我父亲是如何感受这些"事情"的。我的损失是，成年后从未与他对过话。他是不是被锁死在"父亲"这种仪式中了？我还没来得及考虑这些事情，他就去世了。

我渴望剧中埃德加向格洛斯特披露自己的那一刻，而这从未发生。瞧，我是已经长大成人的儿子，是你让其变得危险的儿子，依然爱着你。我现在已是成年仪式的一部分，但我想说，我写这本关于你的书的时候，是我对这些

---

1 指英王詹姆斯一世（1603—1625）在位期间创作的悲剧，如莎士比亚复仇剧《哈姆雷特》《李尔王》等。
2 《哈姆雷特》中的人物。
3 《李尔王》中的人物。

词最不确定的时候……给我你的胳膊，放开我的手，给我你的胳膊。说出通行口令；"甜蜜的马乔莲"……一种柔嫩的香草。

骨子里

我父亲的故事中，有一个火车逃亡的版本我一直无法接受。这次，他从火车上逃出来，赤身裸体跑进丛林。（已经有人告诉过我："你父亲有一种逃亡情结。"）他的朋友亚瑟被叫去找他并劝他回来，当亚瑟最终找到他时，看到了这样的情景：

我父亲正朝他走来，高大而赤裸，一只手握着五根绳子，每根绳子的末端都悬挂着一条黑狗，五条狗都悬离了地面。他伸出胳膊，单臂提着它们，仿佛拥有超自然的力量。可怕的声音从他和狗那里传来，仿佛相互间进行着一场地下火山的对话。他们都伸着长长的舌头。

它们可能是我父亲在丛林的村庄里碰到的流浪狗，或许是一路走来捡起的。他是一个喜欢狗的人，这一幕却毫无幽默或温柔。这些狗太强壮了，没有被勒死的危险，倒会危害到这个赤裸的男人。它们被他举着，距他一臂之遥，像一些巨大的黑色磁铁冲着他摆动。他没有认出亚瑟，不肯松开绳子。他抓到了他经过地区里的所有邪恶，正将其握在手中。

亚瑟割断了绳索，狗稀里哗啦地掉到地上，挣脱出来逃跑了。他把我父亲领到路上，带回他妹妹斯蒂菲等着的车里。他们把他放在后座上，他仍然远远地举着胳膊，将其从敞开的车窗里伸出来，拳头中的绳子一路上在吹过的炎炎热气里晃来晃去，直至抵达科伦坡。

锡兰仙人掌与多肉植物协会

"塔尼卡玛"

早上开车去科伦坡，与多丽丝会面，紧张地在酒店大堂低声说话。之后，他会强迫自己坐到俯瞰大海的露台上，在阳光下喝他点的冰镇啤酒，不等水珠从瓶子上蒸发掉就喝光了。他斟满一杯杯努沃勒埃利耶啤酒，整个下午都坐在那里，希望她能注意到他，过来好好地、真诚地和他说说话。他希望他妻子在上班时不要这样装腔作势，他必须跟她谈谈，他已经快记不得孩子们现在在哪里了。两个在英国上学，一个在凯加勒，一个在科伦坡……

他坐在蓝色的露台上，顶着炽热的阳光，直到五点，决意一旦她改变主意，来到他身边，就去一个他们可以独处的地方，而不是在拉维尼亚山酒店大堂凉爽的阴影中与其他客人和饮酒者在一起。他回忆起所有人，他们那帮人：诺埃尔、特雷弗、现已死去的弗朗西斯、参与叛乱的多萝西。还有与欧洲人剥离的所有市民和僧伽罗家庭。阳光下，对朋友们的回忆与他同在，他从瓶子里将其斟入大啤酒杯，一饮而尽。他想起学生时代的哈罗德·托比和他自己的剑桥岁月，那时的信条是"你能侥幸逃过的比你认为能逃过的更多……"直到莱昂内尔·温特不小心向他父亲捅破了他的骗局。为此莱昂内尔总是深感内疚，便送给他和多丽丝一幅乔治·凯特的画作，作为他们的结婚礼物。这画倒还在他这里，还有他在拍卖会上捡到的、其他人都讨厌的那座木制女人雕像。然而物是人非。

五点钟，她没有来到他身边，他钻进白色福特，驱车前往里奇韦大厦的 F. X. 佩雷拉，买下几箱啤酒和杜松子酒准备带回凯加勒，然后把车停在加勒菲斯酒店附近的老地方，穿过马路来到酒吧。记者和其他来自湖屋的人都坐在那里讨论政治，胡说八道，谈论体育，他现在对这些根本提不起兴趣。没人提到多丽丝，喝酒，默笑，静听，直到晚上十一点，大家都回家找老婆了。他走上加勒路，在一家穆斯林餐厅吃了顿饭，独自坐在一个破旧的木制隔间里。食物滚热，烫醒了醉意和困倦，然后他上了自己的车。那是 1947 年。

　　他沿着日军最终用飞机袭击了的加勒菲斯绿地开车，然后消失在城堡黑暗、静谧、空旷的街道中。他喜欢此时的城堡，这些科伦坡的夜晚。他的车窗全部打开，微风第一次透出清凉，不再温热，所有的夜味和打烊精品店的香水气扑面而来。一只动物穿越马路，他刹车停下来，看着它以自己不紧不慢的速度迈步，因为现在是午夜，如果一辆车真的停住了，那它是值得信赖的。到达人行道时，这只动物停了下来，回头看了看坐在白色汽车里的男人——他仍然没有继续前行。他们互相凝视着，然后这只动物跑上白色建筑物的台阶，进入了通宵营业的邮局。

　　他想，我同样可以睡在这里，走进去，把车留在皇后大道的中间。其他车会绕着福特车穿梭，四五个小时内不会惊动谁的，什么都不会改变。他把脚从离合器上抬起，踩下油门，穿过城堡朝穆特瓦尔前进，经过了他那些牧师、医生和翻译家祖先的教堂。教堂透过一排芭蕉树俯视着他，俯视着港口的船只，船只停靠在那里，就像沉入水中的巨大宝石。

他开车离开了科伦坡。

　　一个小时后，他本可以在安贝普瑟休息站停下来的，却继续前行了。一天的酒精仍残存在他体内，尽管他已经两次停在路边，冲着黑暗神秘的树叶撒尿。他在瓦拉卡波拉短暂停留，这里黑暗的村庄掌握着未来。他让一个泰米尔人搭上他的顺车，为他们共同的祖先感到自豪，并和这个跟他搭话谈起星星的人讨论了猎户座。这位男子是一名肉桂剥皮工，车里弥漫着肉桂味，他不想停下来，让他在一英里之后下车，而是想带他经过香料园，一路去到凯加勒。他继续开车，肉桂味已经被夜晚的新气味带走了。他在危险驾驶，却不太记得自己是否在危险驾驶，只意识到夜间的微风，香料园里辐射出来的微尘。他沿着香料园开，就像经过一个个阔大的厨房。他车上的一盏灯灭了，所以他知道，他在接近路上那些闲逛的人的时候会被误以为是一辆摩托车。他拐着内伦德尼亚的那些 U 形弯，盘绕而上，来到凯加勒镇，过桥进入了石山。

　　他在房子前面坐了大约十分钟，现在才完全意识到，除了自己的身体、这具行尸走肉之外，车是空的。他让车门开着，犹如一只折断在草坪上的白色翅膀，腋下夹着一箱酒，走向门廊。没有月亮，看不到一丝月痕。走进卧室时，瓶盖已被拧开。托比，托比，该来见见你的老校友了。嘴里叼着瓶盖，我坐在床上，像白色海洋中迷失的船只。多年前，他们坐在甲板椅上，风华正茂，奔赴英国，为彼此身上荒唐的英国服饰而感到惊讶。然后在婚姻的深情中，他们平静地航行到澳大利亚，掠过海水下面黑黝黝的山脉、像龙背一样的海床、沟脊和海槽，以及迪亚曼蒂纳火山口那最黑暗的眼睛。这也是宇宙的一部分，地球的一种地貌。他们在珀斯的植物园里接吻，乘坐陆路火车向东横穿整个澳洲，以便说看到了太平洋。他的科伦坡套装现在从他身上掉到了地下，跌入自己的一摊白色。他上了床，在想，他在想什么？他越来越多地看到自己什么也不做，什么都没有。在这样的时刻。

他看见自己拿着瓶子，他的书在哪里？书丢了。那是本什么书？不是莎士比亚，不是那些让他轻易落泪的爱情剧，是有着深蓝色封面的那本。你吱吱嘎嘎地打开书页，一步踏入满屋子的悲伤。一个仲夏梦。他们每一个人都不时带着驴头来回走动，泰坦妮娅、多萝西、希尔登、莱桑德·德·萨拉姆。一个杂种集合体，一部分是僧伽罗人，一部分是荷兰人，一部分是泰米尔人，一部分是驴子，带着愚蠢而严肃的痴迷，在森林中缓慢移动。不，他环顾了一下空空如也的房间，别跟我谈莎士比亚，别谈"绿帽子"。

身旁的酒瓶已经半空，他站起身来，点燃了煤油灯，想看看自己的脸，虽然斑驳的镜子里，棕色的水痕和铁锈仿佛被吊困在玻璃里。他走向浴室，黄色的灯在膝盖旁摇来摆去，每摆动一下，他都能看到房间和走廊的状况。他瞥见了迅速风化的蜘蛛网，落满灰尘的玻璃，已有好几周没人打扫了。自然在步步逼近，茶树变成了丛林，枝条把胳膊伸进窗户。如果你站着不动，身体也会被侵犯。静态的财富在迅速腐朽。你口袋里的纸币被自己的汗水打湿，发了霉。

浴室里，蚂蚁袭击了丢在马桶旁地板上的小说。蚁阵把一页书抬离了它的源头，抬着那些他熟知的印刷文字，仿佛把一块碑碣从他身边挪走。他缓缓地跪在红色地砖上，不想打扰它们的劳作。那是第一百八十九页，他还没读到那里，现已将其让给它们了。他坐下来，忘记了要去照的镜子。害怕与镜子相对，他背靠着墙坐下来，等待着。白色的长方形正随着忙碌卖力的蚂蚁移动。责任，他想。但那只是他眼底凝视到的一小部分。他喝起酒来，在那里，他看到了午夜的老鼠。

季风笔记（三）

学校练习册。我在乌木书桌上写下这些文字，望着窗外干燥的黑夜。"塔尼卡玛""孤独"，杳无鸟迹。一只动物穿过花园发出声响。午夜和中午，黎明和黄昏都是危险的时刻，容易受到行星恶灵"格拉哈亚"的伤害。某些食物切忌在孤寂之处食用，魔鬼会闻到味道。携带一些金属，一颗铁石心肠，避免踩到骨头、头发或人体的灰烬。

汗流浃背，风扇暂短停歇，再次启动。午夜，只有这只手在移动，它小心翼翼，就像花园里的动物，将褐色的叶子卷入嘴里、去排水沟取水或攀过墙头的碎玻璃。看着手的动作，等待它说些什么，偶然绊到某种感知，一个未知事物的形状。

几英尺外的花园忽遭倾盆大雨捶击，半秒之内，一个悠闲干燥的夜晚便充满了雨水敲打锡皮、水泥和泥土的声音，将屋子里的其他人慢慢吵醒。我却目睹了它，望向外面的黑暗，我看到白色的倾盆大雨（反射着室内的光），就像从窗外掉下来的某种物体。沉积了几个月的灰尘从地面反弹起来，散发出气味，涌入房间。我起身走向暗夜，将灰尘和那可触摸的潮气吸入身体。氧气被砸入地面，呼吸很不顺畅。

最后的日子 / 父语

珍妮弗：

当时的家禽养殖场非常大，他养了数千只鸡，都是两用品种，既是蛋鸡也是肉鸡。有萨塞克斯郡浅色鸡、罗德岛红毛鸡、普利茅斯岩石鸡。他还是该地区的查访代理，视察农庄并撰写农庄经营情况的报告……我认为他是第一批成为查访代理的锡兰人之一，但养鸡仍然占用了他的大部分时间。我为家禽养殖场设计了一张海报，他把它印刷得富丽堂皇的。我们会一起为报纸构思广告，许多都是《每日新闻》不允许刊登的，比如"石山农场会教你祖母喂鸡蛋！"他让我们都忙起来，我负责通信，苏珊管收集鸡蛋。在凯加勒很容易感到孤寂落寞，但他在那里为我们建造了一个世界，有各种各样的书籍和广播节目。我们会听《二十个问题》——我的上帝，我们每周都听，他喜欢它，我讨厌它。

白天，他会创造出各种工作，付钱给我们。有时，他会宣布举办"甲虫周"，我们都得去捉黑椰子甲虫，然后由他喂给他的家禽。大的十派士[1]，小的五派士，我们会花好几个小时把它们整理出来，定出它们是大还是小。全天都是由这些游戏组织起来的。比如，猫。他喜欢大多数动物，但对猫很漠然，然而猫总是跟着他。因此，如果他进城了，我们就会

1　一卢比等于100派士。

赌有多少只猫来找他。虽然他不喜欢它们，但我觉得他为自己身上的这种特质感到自豪。看他来了，猫就会从路对面跑过来。他先上车，我们接下来就得把猫扔出去，阻止它们爬回到他的座位底下。

我们的轻信天真很讨他欢喜，他的诡计会欺骗我们好多年。他从寄宿学校接我和苏茜出来，共度一天的时光，带我们去大象屋，点蛋糕、奶油面包和兰卡可乐。有次他说，"你们吃得越多，我付的钱就越少"，我们信了他，就尽量为他而吃。直到莫琳有次和他一起来，被我们的贪婪吓坏了，我们才发现真相，差点因为愚蠢被扇耳光。

他有本事让孩子们听话，因为他能引起他们的兴趣。当然啦，爸爸在时，你是个圣人，他离开家，你就是个捣蛋鬼。他非常想念你们几个，渴望见到你们。和我们——他的第二个家庭——在一起时，他同样充满爱心。我不是他的亲生女儿，但在他生命的最后几年里，我可能是他最亲近的人。他像公主一样把我养大，处处护着我，对付所有人，甚至包括我最严厉的老师。有一位考拉小姐——一把战斧，被爸爸迷住了，总要打扮好自己，准备他到来，允许他打乱所有的探视时间。他有惊人的保护欲，从不让我和朋友一起度周末，必须他们来和我们同住。如果食物不够吃，他会用暗号警示我们，例如"F. H. B."，意思是"父嘱候让别人"。我们喜欢所有这些暗号。有次我求他带我去看电影，唯一一次看到他茫然若失。这是一部"扭曲"电影，是由乔·D和星光侠们出演的《薄荷扭曲》。他被吓坏了，那代表了未来。

　　他总能自嘲。最后他变得很胖，非常胖。他向扶轮社捐赠了三百一十三卢比，问他为什么是这个数额，他说那是他的体重。我认为这是腺体出了问题，但他却毫不在意。第一次带我们跳舞时，他轻盈的舞步让我吃惊。他记得所有早年的华尔兹舞和狐步舞。跳舞时，我看到了我们镜子里的映像，他微笑着说："你现在看起来就像我的领带。"我十六岁，傍着他显得格外渺小。在我十七岁的生日派对上，我们不得不给杜松子酒掺水。

　　他开始酗酒时，我便避而不见，在石山这很容易做到。他会失去理智；然后呢，他渐渐好转，就会像一个天使，为你做任何事情……他喝醉了会一遍遍地唱一首歌，他自己编的，只在烂醉的时候才唱。一半儿英语，一半儿僧伽罗语，有点像贝拉舞曲，使用了品牌名、街名和吡语。对别人来说毫无意义，对他来说却并非胡言乱语，因为他每次唱的都是完全相同的歌词。

　　他最后的日子很平静，每天会允许自己抽一支烟。晚饭后，广播节目开始前，他会走到阳台上，独自或和我一起坐上个把小时。这时他会抽一支香烟。如果我想征得他的同意去做某些事情，比如去跳舞，便会在这时问他，因为此刻他最心平气和。当然啦，我记得得有个相当正式的仪式：我会给他拿来圆形的香烟罐和火柴，他会燃起一支烟，慢慢抽着。

这大约是在晚间八点。

* * *

V.C. 德席尔瓦：

他很善于卖鸡。我不知道他是怎么做到的，但他一本正经的样子很有帮助。如果一只小母鸡我卖十五卢比，他就能卖到二十七点五卢比。但与成年人打交道时他容易轻信，使得一些人会滥用他的慷慨。有了钱，他就会花掉。

我被认为是他的密友之一，也是他的医疗顾问，我们在一起聊家禽和狗。1947 年你母亲离开后，我和你父亲待了一个月，穿针引线，去科伦坡给你母亲送花。1950 年，我在康迪行医，他因为吐血来看我。然后，他和我还有阿彻·贾亚瓦德内就成了好朋友，每周在康迪的《每日新闻》书店见一次面。

我们从来没有和他一起喝过酒，如果阿彻和我到了石山，他会给我们一大杯冰镇牛奶。他总是在读我的医学书籍、我关于狗和家禽的书籍，并会思考这些事情。当他震颤性谵妄发作时，我会给他半粒吗啡，让他镇静十二个小时，他便没事了。去世之前，他有过第二次出血——这次是胃，但他死于脑溢血。

只有我们两三个人跟他非常亲近，至于莫琳，我想她知道我是他的密友，所以不会喜欢我。天啊，我从他身上学到了很多东西。关于家禽或者狗，没有他不知道的。他曾经对我非常有信心，我也很爱他。

*　*　*

阿彻·贾亚瓦德内：

他是仙人掌与多肉植物协会的创始人。我们有一百名会员，每年一次，我们会在康迪花园俱乐部吃午饭喝茶。

他喜欢把我们组织起来，突然决定让我们这帮老年人跳舞。我想是莫琳想参加新年舞会，结果他建议我们都去上舞蹈课。他雇了一位老师，我们每周要上两次课。他非常擅长策划诸如此类的事情——野餐，去参加佛牙节等。他很喜欢佛牙节，但其间总惹麻烦。有次他碾了警察的脚，去警局在督察的办公桌上睡着了，需要好几个人才能把他抬走。

然而，他把大部分空余时间都花在了阅读或听门廊上那个巨大的无线电广播上，我想他活在另一个世界里。他对政治不感兴趣，通常不会谈论过去。但在政变案审理过程中，他去了科伦坡，去监狱看望了他的老友德里克和罗伊斯。

去世前一年，他患上了严重的抑郁症。V.C. 德席尔瓦和我会去他那里，而他不会和我们说话。我们是他最亲密的朋友，他却不理我们，坐在那里一动不动，好像被什么东西卡住动弹不得。我的一个堂弟是精神科医生，我开车把他从科伦坡带过来，介绍给他。我还没走出门廊，他就和那个医生大聊特聊起来。

他的葬礼是一场悲喜剧。首先是他们带来的棺材太小了，因此不得不在房子里重新做一个。然后他们又无法把它弄出来，所以又不得不把门拆了。葬礼当天下着雨，他买下的这块地在山顶上，我们抬着棺材爬上陡峭的斜坡，在泥泞的羊肠小道上不断滑倒，跪在地上。

患上抑郁症之后，在他最后的一年里，他身体一直不太好，但他很知足。我想我们俩都是急性子，可是仙人掌和园艺——你知道——我们教会了自己一些东西。现在我和妻子搬到了这所小房子里，家具都还没到，但我并不在乎。佛家说，拥有了东西只会让你担心。我凌晨三点去骑自行车，街上空无一人……我真的很享受。我一直在告诉我妻子，应该准备好去另一个世界生活，去飞升。

他去世的前两天，我们还在一起。我俩独自待在屋里，我记不清都说了些什么，但是我们在那里坐了三个小时。我也不怎么说话，你知道，和一个挚友坐在一起，是件最放松的事情。你知道没有什么需要告诉他来清空你的心胸。我们只是一起待在那里，在这样的黄昏中沉默，很开心。

*　*　*

最后那几年里，他的情绪波动非常大——与其说是从清醒到酒醉，不如说是从平静到抑郁。但他很害羞，不想让别人为此烦恼，因此大部分时间都会保持沉默，这是他唯一的防线。他把它搁在心里，这样恐惧就不会伤害到别人。

我一直在思索歌德的诗句……"哦，谁能治愈这痛楚／当那人的药膏变成了剧毒？"我只能通过关注这种嬗变来厘清他这方面的情况。最后，他彬彬有礼地在他为数不多的朋友中走动，所以他们从未意识到或只能隐约猜测到，他被撕裂的状态。而那时他已经走得太远，站到了悬崖边上。他的孩子怎么会知道他什么时候会给他们写一些稀奇古怪的便条呢？比如："亲爱的珍妮——我在寂静之井里，希望你也在这口井里。爱你的爸爸×××。"

他的幻觉太可怕了，情绪跌落时，多疑妄想占据了上风。他亲自击碎了三百个鸡蛋，挖了一个坑，把它们扔进去，用一根大棒把它们打得稀烂，以便斩草除根——这都因为他知道有人想毒死这家人。他悄悄地做了此事，以免有人担心。

当他再也容纳不下所有这些信息，那些在意识中正发生的事情时，他就会转而酗酒。或者，在他去世前的最后一年，会彻底崩溃，对周围人的礼节变得暗淡阴郁。他的两个最亲密的朋友都很难过，不仅是因为发生在他身上的事情，而且因为他似乎不再信任他们了。他身处绝对的寂静之井中，坐在阳台上，望着椰子树和那些可疑的鸡。他给自己做了一份煎蛋和一杯汤，此时他并没有酗酒，而是像紧张症患者那样坐着，目光在草坪上来回游移。现在要对人表现得安全、礼貌已经太晚了。

他们找到一位他愿意与之交谈的医生，把他带到科伦坡的一家疗养院。孩子们来看望他，他却与他们很疏远，认为他们是仿制品。他本渴望把孩子搂在怀里的。你必须明白，当这一切发生在他身上时，他的第一个家庭的成员或者在英国，或者在加拿大或科伦坡，完全不知道他的情况。这永远是我们的诅咒，给我们留下了愧疚。

两个星期后，他回到家，心情愉快，积极向上。多年前，阿彻和多琳·贾亚瓦德内曾对他说，石山是一个"看提毗[1]"的地方，意味着这是一个满足与和平的家园。现在，他再见到他们时，说："这不是又一个看提毗的地方了吗？"他第一次向他的朋友解释了他的黑暗状态：

你来的时候（我父亲说），我看到你周围有毒气。你穿过草坪向我走来，在绿色气体中跋涉，仿佛步行过河，而你却浑然不知。我想，如果我开口指出它来，它会立刻摧毁你。我免疫了，它杀不死我，但如果我向你揭示这个世界，你会受苦，因为你没有知识，没有防御它的能力……

大约一年后，他送一些鸡蛋到火车站，回来的路上决定去康迪看望他的堂妹菲丽丝。她记得当他开车进来时，她正坐在门廊上，于是站了起来。他挥了挥手，但继续绕着车道转圈，然后离开了，仍然挥着手。一个小时后，她接到了他的电话。他说："你一定认为我疯了，但我放慢车速时意识到

---

1 "提毗"是梵语中"女神"的意思。

我的轮胎漏气了，所以觉得应该快点回家。"此事让他们开怀大笑，这是他们对彼此说的最后的话。

需要知道的太多了，而我们只能猜测，绕着他猜，从那些爱他的人告诉我的这些离谱的行为中认识他。然而，他仍然是那样一本我们渴望阅读的尚未裁开书页的书。我们依旧不明智，不是他变得太复杂，而是他把自己简化为周围的几件事情，赋予了它们巨大的内涵和意义：他可以与 V. C. 德席尔瓦一起对某些生物的行为进行数小时的理论探讨；他用日记记录了四百种仙人掌和多肉植物中的每一种——有些他从未见过，另一些是他通过朋友偷运到这个国家的；水生植物从太平洋岛屿运达的日子是些重要的日子；他喜欢上了特定种类的会生长的东西以及它们教会他的知识；还有他为孩子们发明的游戏；为了取悦他们，他重新学习了过去的老歌，因为他们可能会被三十年代一直让他感动的那些愚蠢的歌词所吸引。

礼貌，一种谦虚。尽管他早年太故作姿态，但最终还是成为了一个微型主义者，喜欢日常琐事，即那些在一小群家人和朋友中间的体面举动。他为他拥有过的每只狗都编写了可爱的歌曲——每只狗都有不同的曲调，他用诗句赞美了它们的天性。

"你一定要写好这本书，"我哥哥对我说，"你只能写一次。"然而这本书是不完整的。最后，你所有的孩子都只能在零散的行为和记忆中游走，没有更多的线索。这并不是说我们曾经认为能够完全理解你，面向你琐碎的一生，爱往往就足够了。对于能给你带来安慰的东西，我们都会鼓掌；对于控制着我们共有的恐惧的东西，我们都欣然接纳。而这只能一天一点慢慢来——依靠我们翻译不出来的那首歌；根据你触摸过的仙人掌的灰绿色，像对待受伤的孩子一样，你小心翼翼地将它转向太阳；或者是用你点燃过的那些香烟。

最后一个早晨

　　天亮前半个小时，我就被雨声吵醒了。雨淋在墙上、椰子和花瓣上，声音高于风扇的噪声。世界已经在窗栅外的黑暗中醒来，我起床站在这里，等待最后一个早晨。

　　我的身体必须记住一切，这短暂的昆虫叮咬、潮湿的水果气味、蜗牛般缓慢的光、雨、雨，还有朦胧色彩下狂暴的湿漉漉的鸟叫，其模仿范围包括了人们想象中的大型野兽、火车和燃烧的电。幽暗的树木，发霉的花园围墙，被雨水压低的缓慢的空气。头顶上风扇的手臂不断闪出耀眼的光芒。当我打开灯时，三英尺长电线上的灯泡就会随着电扇的微风摇摆，让我的影子在墙上来回晃动。

　　但我没有开灯，我需要这个黑暗房间里的空虚，以倾听和等待。目光所及，这里的一切都已有上百年的历史，在我十一岁离开锡兰时就存在了。我母亲从她科伦坡的窗户向外张望，考虑着离婚；我父亲在醉酒三天后醒来，肌肉僵硬，已不记得如何用力，身体几乎无法动弹。这是我姐姐和她的孩子们所熟悉的晨景，他们在黎明前出发去练习游泳，开着大众汽车穿过空荡荡的城市，路过一个个像口袋一样的开放式商店，和它们售卖报纸和食物的灯泡的亮光。童年漫长的早晨里，我就这样站着，迫不及待地等待着天亮，以便下来到博拉莱斯加穆瓦拜访佩里斯一家；我和保罗、莱昂内尔和佩吉表姨一起度过美好而漫长的日子。佩吉表姨会漫不经心地反对我光着脏兮兮的脚在她的书柜上乱爬。本周我又一次次站在这书柜下，里面装满了聂鲁达、劳伦斯和乔治·凯特的首版签名诗歌集。在我梦想结婚、生子、写作之前，这一切都已经在这里了。

这里，有微粒一样的蚂蚁在咬人，感觉着被比自身大五倍的肿块抬起，升起在自己的毒素上。这里，隔壁开始播放磁带。季风期，我的最后一个早晨，所有这一切，贝多芬还有雨。

致　谢

　　文学作品是一种群体行为。如果没有很多人的帮助，这本书是无法想象的，更不用说构思了。

　　这本书由1978年和1980年两次返回斯里兰卡的旅程组成。每次我都会待上几个月，先是独自旅行，然后有我的妻子和孩子加入。我的姐姐吉莉安和我一起多次跑遍全岛，进行调查研究。她和我的另一个姐姐珍妮特，还有我的哥哥克里斯托弗，都是帮助我重塑父母时代的核心人物。这是我的书，同样也是他们的书。我自己的家人也不得不忍受我强迫性地提问每个我们所遇到的人，一次又一次听那一长串令人困惑的家谱谱系和传闻。

　　原材料的来源很多；我要感谢更多的亲戚、朋友和同事，帮助回答了我的问题：阿尔温·拉纳亚克、菲丽丝和内德·桑索尼、欧内斯特和纳利尼·麦金太尔、齐拉·格拉蒂安、帕姆·费尔南多、温迪·帕特里奇、杜利·范·朗根伯格、苏珊和苏尼尔·佩雷拉、珍妮弗·萨拉瓦纳穆图、阿彻和多琳·贾亚瓦德内、V. C. 德·席尔瓦、佩吉和哈罗德·佩里斯，西尔维娅·费尔南多、斯坦利·苏拉维拉、哈米什和吉尔·斯普鲁尔、达玛·贾戈达、伊恩·古内蒂莱克、亚斯敏·古内拉特内、维马尔·迪萨纳亚克、吉尔斯卡·范德沃尔、雷克斯和伯莎·丹尼尔、艾琳·范德沃尔、罗哈恩和卡米尼·德·索伊萨、埃里卡·佩雷拉、克拉伦斯·德·丰塞卡、内斯塔·布罗希尔、内德拉·德萨拉姆、山姆·卡迪

- 163 -

加玛、多萝西·洛曼、约翰·科特拉维拉、伊兰基尼·"昌迪"·梅德尼亚、芭芭拉·桑索尼、特雷弗·德·萨拉姆、西娅·维克拉马苏里亚、珍妮·丰塞卡、约兰德·伊兰加孔、贝比·琼克拉斯、维尔纳和玛丽·范盖泽尔、奥黛丽·德·沃斯……和沙恩·艾吉利和海蒂·柯瑞亚。

虽然所有这些名字能够给人一种真实感，但我必须承认，这本书不是历史，而是一种肖像或"姿态"。如果上面列出的人不赞成这种虚构感，我深表歉意。只能说在斯里兰卡，一个善意的谎言抵得上一千个事实。

＊　　＊　　＊

感谢加拿大艺术委员会和安大略省艺术委员会以及约克大学格兰登学院的支持。还有《卡皮拉诺评论》《期刊》《加拿大论坛》和《布里克》的编辑们，他们在本书写作过程中发表了其部分内容。

＊　　＊　　＊

最后，特别感谢三位朋友，他们在各个不同阶段帮助我完成了手稿：达芙妮·马拉特、斯坦·德拉格兰和巴里·尼科尔。"因为我的文章书些杂乱，不合轨范，几处过于用肿，叙事却乏训练。"[1]

1　作者故意留下多处笔误，故译文用别字制造类似效果。

引文出处

"不要跟我谈马蒂斯"一诗的诗节出自拉克达萨·维克拉马辛哈 1975 年 2 月在科伦坡出版的《帝王之血》一书。

歌德的诗句选自詹姆斯·赖特翻译的《诗集》。卫斯理大学出版社，1971 年出版。

《心碎之海》作者：唐·吉布森，版权号 MCMLX 及 MCMLXI，夏皮罗与伯恩斯坦股份有限公司，地址：纽约东 53 街 10 号，10022，国际版权保护，版权所有，经许可使用。

《好久好久不见》作者：萨米·卡恩和朱利·斯泰恩，卡恩音乐公司和莫利音乐公司出版。

《风流佳事》作者：多萝西·菲尔兹和杰罗姆·科恩，版权所有 1936 年，T. B. 哈姆斯公司（韦尔克音乐集团，加利福尼亚圣莫尼卡 9040I 转交）版权更新，国际版权保护，版权所有，经许可使用。

《卡拉波塔斯》系列中的引用将《鲁滨逊漂流记》与罗伯特·诺克斯的《历史关系》联系起来，《历史关系》由锡兰历史协会出版。

W. C. 翁达杰的评论来自他的《有关皇家植物园的报告，佩勒代尼耶》，该报告于 1853 年在锡兰年鉴上发表。

雷克斯·丹尼尔日记的摘录经他许可使用。

1947 年努沃勒埃利耶洪水的照片由维克雷玛·维拉索里亚博士提供。

感觉岩的照片来自岩洞的《锡兰之书》。

已尽一切努力确保本书使用的材料获得了许可。